내 소중한 _____ 에게

_____

_____

_____

_____

_____

_____

_____

_____

_____

_____

_____ 년 _____ 월 _____ 일

_____

생각을 바꾸면
공부가 즐겁다

생각을 바꾸면 공부가 즐겁다

심리학 박사 이민규 글
원유수 그림

더난출판

생각을 바꾸면 공부가 즐겁다

© 2004, 이민규 · 원유수

초판 1쇄 발행 2004년 12월 26일
초판 12쇄 발행 2013년 7월 5일

지은이 이민규 · 원유수 | **펴낸이** 신경렬 | **펴낸곳** (주)더난콘텐츠그룹

상무 강용구 | **기획편집부** 차재호 · 민기범 · 성효영 · 윤현주 · 서유미 | **디자인** 서은영 · 박현정
마케팅 김대두 · 견진수 · 홍영기 · 서영호 | **교육기획** 함승현 · 양인종 · 지승희 · 이선미 · 이소정
디지털콘텐츠 최정원 · 박진혜 | **관리** 김태희 · 양은지 | **제작** 유수경 | **물류** 김양천 · 박진철

출판등록 2011년 6월 2일 제25100-2011-158호 | **주소** 121-840 서울시 마포구 서교동 395-137
전화 (02)325-2525 | **팩스** (02)325-9007
이메일 book@thenanbiz.com | **홈페이지** http://www.thenanbiz.com
ISBN 978-89-8405-287-1 03810

"아버님께서 학교로 좀 나와주셔야겠습니다." 큰 아이가 중학교 2학년이었을 때 그 아이의 담임 선생님으로부터 걸려온 전화였다. 예상했던 대로 성적이 너무 나쁘고 학교에 잘 적응하지 못한다는 것이었다.

아이러니하게도 나는 대학생들에게 적응심리학과 공부 방법을 가르치는 교수였다. 민망하고 당혹스러울 뿐 아니라 아이에게도 미안했다. 그때부터 아이에게 도움이 될 만한 공부 방법을 모조리 알려주기로 작정했다. 하지만 한 번 공부에 흥미를 잃은 아이는 내 말에 좀처럼 귀를 열지 않았다.

이런저런 시도를 했으나 좀처럼 나아질 기미를 보이지 않았다. 부자간의 사이만 점점 나빠졌다. 내가 해주고 싶은 말을 이메일로 보내면서 조금씩 나아지기 시작했다. 그 아이는 원하던 대학에 입학해 지금은 국방의 의무를 다하고 있다.

아이에게 보냈던 그 이메일이 모여 몇 년 전 《네 꿈과 행복은 10대에 결정된다》라는 책이 만들어졌다. 이 책을 읽은 많은 독자들로부터 메일을 받았다. 몇 명의 독자들은 이 책을 만화로 만들었으면 좋겠다고 제안했다. 이번 책은 이렇게 해서 세상에 나오게 되었다.

이 책이 여러분의 학창시절을 조금이라도 더 즐겁게 만들어주고 꿈을 이루도록 해주었으면 좋겠다. 이 책을 통해 공부를 즐거운 놀이로 바꿀 수 있기를 간절히 소망한다.

- 먼내골에서 이민규

3. 노는 것을 먼저 하면 노는 물이 달라진다

4. 주변을 정리하면 집중력이 높아진다

5. 싫다고 생각하면 싫은 일이 일어난다

6. 방법을 찾아내면 공부가 즐겁다

7. 절대 포기하지 말자

슬럼프, 한 방에 날린다!

1

생각을 바꾸면 세상이 달라진다

―공부는 지겨워!

행복의 비밀은 자신이 좋아하는 일을 하는 것이 아니라,
자신이 하는 일을 좋아하는 것이다.

―앤드류 매튜스

휴~

이 버스는 맨날 왜 이렇게 사람이 많은 거야!

짱나!

으~ 답답해!

빵 빵 빵

부웅. 부우웅

으악! 늦었다. 또 선생님한테 혼나겠어.

땡 땡 땡

드다 다다

시험이 얼마 남지 않았으니 모두들 미리미리 예습 복습 철저히 하도록 해.

반 평균 이하는 각오들 하라고.

알겠지?

네 에-

협동

근면

……

요 녀석들! 너희들 말이야, 알겠나?!

허… 헉스!

네!

너흰 매일 지각이냐? 교무실로 따라와.

아야야

쿡

쿡

임의의 실수 x에 대하여
$$x^3 + 3x^2 + 4x - 8 = a(x-1)^3 + b(x-1$$
성립할 때 $a + b + c$ 의 값은?

이 문제 풀어볼 사람?

…없어?

잠-잠

지난 시간에
배운 문제인데
아무도 없다니…

할 수 없군.
오늘 며칠이지?

17일요!

한 끗 차이···
다행이다!

두근

그럼 17번!

휴—
살았다.

네!

너, 그 뒷자리에 있는 녀석,
나와서 풀어봐!

음찻

뭐 하고 있어!
빨리 안 풀고?

대하여

$8 = a(x-1)^3 + b(x-1)^2 + c(x-1)$

성립할 ··· c 의 값은?

흐흑

으이구~ 하루도 거를 날 없는 화장실 청소 정말 지겹다, 지겨워.

누가 아니래. 수학 선생님한테 찍혀서 화장실 청소는 매일 우리가 하잖아.

그나저나 큰일이다. 이번 시험에서 보나 마나 반 평균도 안 될 텐데… 혼날 생각하면 정말 학교 다니기 싫다.

아흐, 빨리 어른이 됐으면 좋겠다. 그러면 시험증후군에 시달리지도 않을 텐데!

그치?

학생 둘요.

일반 8000
군경·학생 5

토요일이라
그런지 사람이
무지 많다,
그치?

잠깐만…
집에서
전화 왔다.

너 이 녀석, 거기 어딘데 이렇게 시끄러워?

어, 엄마.

난- 핸드폰도 없는데..

학원에서 전화 왔더라. 너, 오늘 수업 있는데 빠졌다고.

T.ill
00월 00일 통화중
엄마
02 - 532 - 5531
통화시간   02:15

너 학원 빼먹으라고 비싼 학원비 대주는 줄 알아?! 어서 빨리 가지 못해? 엄마가 나중에 확인해볼 거야!

아, 알았어요. 지금 가는 중이에요. 학교에서 늦게 끝나서 그래요.

휴우- 안 되겠다. 영화는 다음에 봐야겠어.

헉- 그럼 이 표는?

씨이-
이게 뭐야?

...

아침부터 엄마 잔소리에
학교에선 선생님께 혼나
고 게다가 경민이까지
배신 때리다니…

결국 영화 혼자 봤다-
재미 짱 없음!

오늘 하루 모든 게
엉망진창이야.

내일도 똑같은
하루가 시작되겠지?

딩동

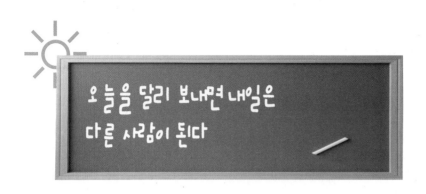

오늘을 달리 보내면 내일은
다른 사람이 된다

우리 시대의 가장
위대한 발견은 자신의
태도를 바꿈으로써
삶을 변화시킬 수 있다는
깨달음이라고 해요.

나도 이젠 달라진다

하루의 생활을 우울하고 무미건조하게 보내느냐, 아니면 밝고 행복하게 보내느냐는 전적으로 우리의 선택에 달려 있다. 낙관적인 사람은 아침에 가볍게 일어나며 표정 또한 밝다. 그러나 비관적인 사람은 잠에서 깰 때 몸이 한없이 무겁고 표정도 어둡다. 오늘 하루도 마지못해 해야 하는 일들로 가득 차 있다고 생각하기 때문이다.

아ー 상쾌한 아침이야.
오늘은 어떤 즐거운
일이 있을까?

으ー
일어나기 싫어.
또 지겨운 하루가
시작되는구나.

투덜거려라. 그러면 투덜거릴 일이 생길 것이다

눈을 뜨자마자 하루가 지겨울 거라고 생각해보자. 당연히 일어나는 것 자체가 귀찮을 것이다. 미적거리다 겨우 일어나 화장실에서 TV에서 흘러나오는 뉴스를 듣는다. 살인, 고위 공직자의 뇌물수수, 정치 싸움, 교육제도의 문제점 등 온통 부정적인 뉴스만 귀에 들어온다.

이런 사람에게는 신문 한구석에 있는 미담기사 따위는 들어오지 않는다. 짜증난 표정을 거울에 비춰보면서 다시 한 번 지겨운 하루가 시작될 징조를 눈으로 확인하게 될 것이다. 그리고는 아침식탁에 앉아 반찬 투정을 하면서 엄마에게 투덜댈 것이다.

아침 등교에서 학원을 마칠 때까지 하루종일 툴툴거리다가 집에 돌아오면 마치 부모를 위해 고생스럽게 학교를 다니는 양 "힘들어 죽겠다."며 책가방을 팽개친다. 잠자리에 들 때도 "어휴, 피곤해. 정말 힘들고 짜증나는 하루였어."라고 중얼거린다. 그것만으로 끝날까? 천만에. 이러한 증상은 잠꼬대로까지 이어진다.

아침에 일어나면 하루를 미소로 포옹하자

우리 자신과 주변에서 일어나는 일들은 이루 말할 수 없는 신비로움으로 가득하다. 또 하루를 숨쉬면서 맞이할 수 있는 것 자체가 경이로운 일이다. 지하철에서 위험에 빠진 사람을 구하기 위해 자신의 몸을 던진 대학생, 평생 어렵게 모은 돈을 장학금으로 써달라며 기부한 할머니 등 세상에는 따뜻한 사람들의 이야기가 수없이 많이 있다.

매일매일을 좋은 날로 만들기 위해서는 하루를 제대로 시작해야 한다. 그리고 잠자리에 들기 전 하루를 멋지게 마무리해야 한다. 시작과 마무리를 아름답게 하는 데는 많은 시간이 걸리지 않는다. 단 5분이면 충분하다.

친구에게 들려줄 재미있는 이야기를 준비해도 좋고, 선생님을 즐겁게 하기 위해 미소를 짓고 수업을 경청하는 일도 좋고, 부모님께 밝은 표정으로 인사하는 것도 좋다. 아침잠의 유혹을 과감하게 뿌리치고 새로운 하루를 미소로 포옹하자. 그러면 그날 하루는 멋지게 시작될 것이다.

어제와 다른 마음으로 잠자리에 들자

잠자리에 들 시간이 되면 행복한 하루였다고 생각하자. 그리고 자신이 잘한 일이 무엇인지, 다른 사람들에게서 보고 들었던 주변의 일들 중에서 좋았던 것이 무엇인지 찾아보자. 그러면서 잘못된 점에 대해서도 반성해보자.

장사를 하는 사람들은 그날 하루 얼마나 벌었는지 계산해보고, 가게를 찾아준 손님들과 열심히 일해준 종업원들에게 감사하는 마음으로 하루를 끝내야 한다. 그리고 소홀했던 점이 있는지 돌아보고 고쳐 나가도록 다짐해야 한다.

우리도 일과가 끝나면 그날 하루를 어떻게 보냈는지 결산해보아야 한다. 그리고 우리를 도와준 주변 사람들과 세상에 늘 감사해야 한다.

하루를 긍정적인 마음으로 시작해서 감사하는 마음으로 끝낸다면 불행해질 일이 없다. 반면 아침을 '짜증'으로 시작해서 지겨운 하루였다고 투덜거리면서 하루를 마친다면 행복할 수가 없다. 어제와 다른 마음가짐으로 잠자리에 들자. 그리고 어제와 다른 아침을 시작하자. 그러면 분명 어제와 다른 사람이 되어 있을 것이다.

나는 내일 아침에 일어
나자마자 감사해야 할
일을 떠올릴 거예요.

여러분도 자신에 대해서,
그리고 가족이나 친구, 선생님,
주변 사람들과 세상에 대해 고마운
점들을 찾아보세요. 사소한
것이라도 상관없답니다.

• 나 자신에 대해 고마워할 점들은?

• 내가 감사해야 할 사람들은?

• 세상에 대해 감사하게 여길 점들은?

심신의 만병통치약 : 감사와 용서

행복한 인생을 살기 위해 무엇보다 중요한 것은 주변 사람들에 대해 감사하는 마음을 갖는 것이다.

미국 캘리포니아주립대 로버트 에몬스 교수는 사람들에게 매일 또는 매주 다섯 가지씩 고마운 것들을 쓰게 했다. 그리고 그들과 다른 사람들을 비교했다. 그 결과 감사한 일들을 떠올렸던 사람들은 그렇지 않았던 사람들에 비해 더 건강하고, 스트레스를 덜 받는 것으로 나타났다.

너무 화가 날 땐 생각을 1%만 바꿔보자

남을 용서하는 사람 역시 스트레스가 줄어들어 건강해진다는 연구결과가 있다. 미국 미시건 주 호프대 연구팀은 71명의 대학생을 대상으로 16초간 마음의 상처를 입은 순간의 고통과 응어리진 감정을 떠올리게 한 뒤 신체 변화를 측정했다. 그러자 정상일 때 분당 26회 수준이던 심박동수가 분당 39회 수준까지 치솟았고, 혈압도 2.5mm/Hg 가량 올라갔다.

하지만 잠시 휴식을 취하게 한 뒤 다시 16초간 상처를 준 사람을 이해하고 그의 장점을 떠올리며 용서하는 마음을 생각하게 했다. 그러자 이번에는 심박동수가 떨어지고 혈압도 정상이 되었다.

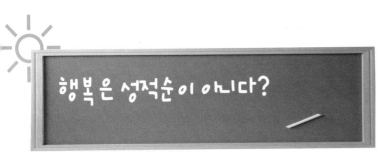

행복은 성적순이 아니다?

"'빌 게이츠는 고등학교도 나오지 않았는데 마이크로소프트 사 회장이 되었고, 40대에 벌써 세계 최고 갑부가 됐어요!' 라고 말하는 학생이 많습니다. 당신의 성공담이 많은 학생들에게 공부를 게을리 해도 된다는 핑계거리가 되고 있어요. 아이들에게 어떤 말을 해주는 게 좋을까요?"

미국 오하이오 주의 한 고등학교에서 3학년 학생들을 가르치고 있는 캐시 크리드랜드라는 교사가 빌 게이츠에게 보낸 편지의 일부다. 그럼 여기서 빌 게이츠의 답변을 들어보자.

음… 제가 마이크로소프트 사를 창업하기 위해 대학 졸업장을 포기한 건 사실이지만 저는 하버드 대학을 3년이나 다녔습니다. 그리고 아직까진 고등학교를 그만두고 컴퓨터 업계에 진출해서 거물급이 된 사람은 아무도 없습니다.

누구든 일생일대의 기회라는 확신이 없는 한 학교 공부를 중단하는 것은 결코 현명하지 못한 일입니다.
—빌 게이츠

혼자만의 공부로는 결코 채울 수 없는 것들이 있다. 친구들과 어울려 질문을 주고받고 아이디어를 개발해서 의견을 교환하는 것은 학교생활을 통해서만 가능한 것이다.

그리고 한 우물을 파는 것이 중요하다면서 다른 과목은 거들떠보지 않는 것도 큰 실수가 될 수 있다. 학교생활을 등한시하면 나중에 반드시 그 대가를 치르게 된다.

멀리 있는 것을 목표로 삼되, 가까이 있는 것을 무시하지 말라.

—에픽테투스

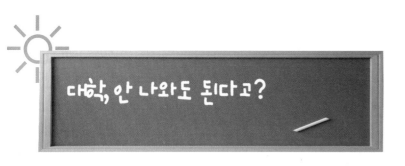

대학, 안 나와도 된다고?

라이트 형제, 카네기, 에디슨, 헤밍웨이. 이 인물들의 공통점은 무엇일까? 첫째, 위대한 업적을 이룬 사람들이다. 둘째, 대학을 나오지 않았다. 이런 위인들을 떠올리면서, '행복은 성적순이 아니다'는 말만 믿고 학교 공부를 게을리 하는 학생들이 많다.

여러분이 만약 "행복은 성적순이 아니다."라는 말만 믿고 공부를 게을리 한다면

반드시 자문해봐야 할 세 가지 질문이 있어요.

첫째, 나는 천부적인 재능을 타고난 사람인가?
둘째, 그야말로 미친 듯이 탐구하는 분야가 있는가?
셋째, 독창적이고 뭔가 특별한 아이디어를 가지고 있는가?
만약 위의 세 가지 질문에 대해 하나라도 "아니요."라고 답했다면 앞에서 성공한 위인들의 일화는 여러분의 장래에 아무런 도움이 되지 않는다. 왜냐하면, 그들은 하나같이 뛰어난 재능을 타고난 사람들이었으며 누가 시키지 않아도 스스로 목표를 설정해 집요하게 그 분야를 파고들었던 사람들이기 때문이다.

맞습니다. 우리는 모두 보통 사람들과는 다른 비전을 가지고 세상을 바라봤죠.

다가올 미래를 미리 꿰뚫어보는 시각을 가지고 있었던 겁니다.

카네기   헤밍웨이

33

학교 성적이 최고로 우수해야만 성공적이고 행복한 삶을 살 수 있다고 주장하는 것이 아니다. 단지 "행복은 성적순이 아니다."는 말이나 "학교의 우등생은 사회의 열등생"이라는 말로 자신의 게으름을 정당화해서는 안 된다는 것이다.

지금까지 "행복은 성적순이 아니다."라고 말해왔다면, 이 말을 "성적이 나쁘다고 반드시 행복해지는 것이 아니다."로 바꾸길 바란다. 타고난 재능을 이미 찾은 사람이라면 그 재능을 살리기 위해 열심히 노력해야 한다. 그러나 아직 자기만의 재능을 찾지 못했다면 숨은 재능을 찾기 위해 더 열심히 노력해야 한다.

다르게 생각하면 다르게 보인다. "트로피일까? 두 사람일까?"

2

꿈꾸지 않는 자, 꿈을 이룰 수 없다

─꿈이 있는 사람은 공부가 지겹지 않다

매일 아침에 일어나면 "내가 할 수 있는 것이 뭘까?"라고 생각했다.
그리고 저녁에 잠자리에 들 때는 "내가 그것을 했는가?"라고 자문했다.
나는 그렇게 하루를 시작하고 하루를 마무리지었다.
─벤자민 프랭클린

아함

아유~ 심심해
죽겠네.
뭐 재미난 일 없나?

이 옷 괜찮니?

언니. 남친
만나러 가지?
나도 따라갈래.

안 돼. 오늘 교외로
드라이브 가기로
했단 말야.

잘 됐다. 나도 머리
좀 식힐 겸 같이
가자. 맛있는 것도
얻어먹고.

생글 생글

36

37

됐어요.
두 분이나
실컷 타세요.

이거
미안한걸.

대신에 점심이나
사주세요.

그… 그럴까?
뭐 맛있는
거라도…

하하-

씨익

자, 가자구요.
이쪽 지리는
내가 훤하다고요.

하하!

불안
한데…

와! 맛있겠당~

잘 먹겠습니다!
이 집은 특히 스테이크가
맛있어요. 가격도 저렴하고,
샐러드도 일품이라니까요.

저 여우!

하하!
많이 먹어.

아무리 싸도
이 정도
양이면…

혜림인
참 좋겠다.

네?

꿈을 준비할 수
있는 나이잖아.

꿈이라니요?

커서 되고 싶은 것이 뭐니? 구체적인 목표 같은 것 말야.

쟨 그런 거 없어!

뭐예요! 고리타분하게. 그런 거 생각해본 적 없어요. 그냥 이대로 살래요. 즐겁게…

풍따리 샤바라 하면서

우왕~ 맛있어!

…

오빠 목표가 뭔데요? 근사한 거라도 있나 보죠?

당연하지.

일단은 대학 졸업할 때까지 알바로 모은 돈을 가지고 유럽 배낭여행을 다녀올 생각이야.

하하! 동남아는 벌써 다녀왔거든.

41

세계의 문화 유적지를 답사하고 그 기록을 책으로 엮어낼 생각이야.

그리고 아직은 힘들고 조심스러운 부분이라 미뤄 뒀지만 우리나라 역사도 제대로 다뤄보고 싶어.

후훗! 열심히 자료수집 중이지.

하루하루가 설렘의 연속이야. 목표에 가까워지는 듯한 느낌이거든.

나한테도 좀 설레봐!

…?

저녁은
먹고 왔니?

다녀왔습니다.

네~

에고
깜짝이야!

호호호!

계집애
놀래키기는...

43

웬일이니? 네가 공부를 다 하고.

빨리 왔네.

그건 그렇고 내 남친 어땠어?

음… 글쎄.

외모는 그런 대로 괜찮은 것 같고.

성격도 좋아 보이고. 하지만 돈은 별로 없어 보이드라. 그렇지만…

꿀꺽

뜸들이지 말고 말해봐.

대만족이야!

정… 정말?

아… 아직까진
그런 사이 아냐!
그냥 친구일
뿐인데… 몰라.

형부감으로
합격! 왠지 좋은
느낌이랄까?

목표에 대한
열정이 있어서
언니 고생시키진
않겠어.

혀, 형부?!

내숭떨지 마.
그런데 왜 얼굴이
홍당무가 되는데?
그 입가에 미소는
뭐고?!

45

　　여러분도 혹시 이런 생각을 하고 있는가? 물론 종종 그런 생각이 들 때도 있겠지만 항상 그렇게 살아가는 것은 반대한다. 왜냐하면, 대개 그런 사람들은 불행한 삶을 살기 때문이다. 행복한 사람들은 결코 그렇게 살지 않는다.

　　여러분 중에는 그동안 목표 없이도 잘 먹고 잘 살아왔다고 항변하고 싶은 사람이 있을지 모르겠다. 하지만 그것은 누군가가 먹여주고 돌봐주었기 때문이다. 여러분은 지금껏 스스로 운전을 하지 않고도 남이 운전하는 차에 편승해서 큰 불편 없이 다닐 수 있었을지도 모른다. 이제 운전석에 앉아야 할 사람은 다른 사람이 아니라, 바로 여러분 자신이다.

　망망대해에서 목적지도 없고 방향타도 없고 엔진마저 고장이 난 배를 타고 있다고 상상해
보자. 혹은 핸들이 고장난 차의 운전석에 앉아 액셀러레이터를 밟고 있는 장면을 떠올려보자.
바람이 부는 대로, 바퀴가 굴러가는 대로 놔둘 것인가? 그래도 좋은가?

　"커서 뭐가 될지 모르겠어요."
　"목표가 없어요."
　"이대로도 좋아요."
　흘러가는 대로 살겠다고? 방향타가 없는 선박의 끝은 침몰이고, 핸들이 없는 자동차의
말로는 충돌, 추락 또는 전복이다. 그래서 목표가 필요하다. 흘러가는 대로 사는 삶의 끝
은 대개 암흑과 고통이다.
　목표를 가지라고 해서 몇 살 때 키 몇, 체중 얼마, IQ 몇인 사람과 결혼하겠다는 식으로
시시콜콜한 것까지 결정해야 하는 것은 아니다. 단지 앞으로 어느 방향으로 갈지에 대한
지도를 그려보라는 것이다. 목적지가 있어야 그곳에 도달할 수 있다.

우리가 목표를 멀리하는 까닭은?

아무 이유 없이 싫다니, 과연 그럴까? 좋은 줄은 알지만 그것을 세우지 않는 데는 반드시 이유가 있다. 잠시 삶의 목표가 무엇인지 떠올려보자. 선명한 그림이 떠오르는가? 그렇지 않다면 아래의 빈 칸에 아직도 목표를 갖지 못하는 이유를 세 가지만 적어보자.

삶의 목표가 없는 이유는?

하나 _____

둘 _____

셋 _____

목표의 중요성을 모르기 때문에 : 뚜렷한 목표가 없는 사람들은 막연하게 필요성은 느끼지만, 그것이 왜 중요한지를 구체적으로 모르는 경우가 많다. 휴대전화를 사기로 마음먹으면 다른 사람들이 갖고 다니는 휴대전화가 유난히 더 눈에 띌 것이다. 왜일까? 욕구가 목표를 만들고 목표는 우리의 감각과 행동을 안내하는 지도 역할을 하기 때문이다.

이루지 못할까 봐 두려워서 : "오르지 못할 나무는 쳐다보지도 마라."는 속담이 있다. 공부를 잘하는 것이든, 돈을 많이 버는 것이든, 이성에게 데이트 신청을 하는 것이든, 가능성이 없다고 생각할 때 흔히 쓰는 전략이 '포기하기' 다. 그리고 이솝우화의 여우처럼 이렇게 합리화한다.

왜 그럴까? 목표가 없으면 좌절감을 느끼지 않아도 되기 때문이다.

시간과 노력을 투자하기 싫어서 : 사람들은 새해 초마다 목표를 세우지만 대부분은 작심삼일로 끝나고 만다. 예를 들어, 매일 아침 조깅을 30분씩 하기로 목표를 세운다면 적어도 두 가지를 투자해야 한다. 첫째, 더 자고 싶은 욕구를 뿌리치고 옷을 갈아입고 뛰는 노력, 둘째, 다른 무엇인가를 하면서 즐길 수 있는 30분을 투자해야 한다. 시간과 노력을 투자하지 않고 이룰 수 있는 것은 이 세상에 아무것도 없다.

눈앞의 유혹에 휩쓸리기 때문에 : 목표를 세우지 못하는 또 다른 이유는 주변의 유혹들을 뿌리치지 못하고 거기에 휩쓸리기 때문이다. 유감스럽게도, 많은 사람들은 자신을 위해 시간을 투자하기보다는 다른 사람들의 목표 달성에 일조하느라 바쁘게 산다. 예컨대, 할 일을 쌓아두고도 밤새 컴퓨터 게임을 하거나 시시껄렁한 토크쇼를 보는 데 시간을 허비하는 것이다. 게임이나 토크쇼 제작자들은 우리가 아니라 그들의 목표를 달성하기 위해 프로그램을 제작한다.

목표가 없는 사람들은 목표가 확고한 사람들의 밥이 될 뿐이다.

미국 매사추세츠 주의 한 고등학교에서 98세의 가사이드 할머니가
자신보다 80년 아래인 동급생들의 박수를 받으며 휠체어에
앉아 졸업장을 받았다.

와아

와-

짝짝 짝짝 짝짝 짝

이 할머니는 1909년 11명의 동생들을 뒷바라지하기 위해
초등학교 3학년을 중퇴해야 했다.

그 뒤 평생을 고되게 살아온 할머니는 2년 전 요양원 직원들에게
고등학교 공부를 할 수 있게 도와달라고 요청했다.

51

요양원 측은 즉시 노세트 고등학교 교장에게 도움을 요청했고 학교 측은 할머니를 가르칠 자원봉사 학생들을 모집했다.
　　그 뒤 1년 반 동안 할머니는 요양원을 찾아오는 어린 학생들에게 하루 1시간씩 과학, 수학, 역사, 문학 등의 수업을 받은 끝에 고등학교를 졸업하게 됐다.

어린 시절로 되돌아간다면?

TIP!

모 일간지에서 성인들을 대상으로 중·고등학교 시절로 되돌아간다면 무엇을 제일 하고 싶은지를 물었다. 조사 결과 1위(66.9%)를 차지한 것은 놀랍게도 학창시절에 그토록 지겨워했던 "공부를 하고 싶다."는 대답이었다. 반면 어린 시절에는 그토록 좋아했던 '노는 것'은 2.6%에 지나지 않았다.

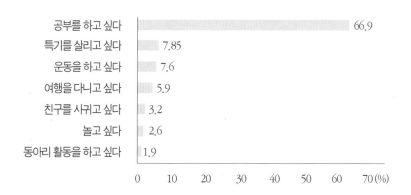

항목	비율
공부를 하고 싶다	66.9
특기를 살리고 싶다	7.85
운동을 하고 싶다	7.6
여행을 다니고 싶다	5.9
친구를 사귀고 싶다	3.2
놀고 싶다	2.6
동아리 활동을 하고 싶다	1.9

왜 학교를 다니지 못한 사람들은 늙어서까지 공부에 대한 미련을 버리지 못할까? 학교에 다닐 때는 그토록 지겨웠던 '공부'가 왜 어른이 되어서는 그렇게 하고 싶은 걸까? 왜 어른들은 자신들도 그렇게 듣기 싫어하던 "공부하라."는 말을 자녀에게 똑같이 되풀이할까?

아쉽게도 시간이 지난 다음에야 터득하게 되는 것들이 많다. 그것을 미리 안다면 우리는 훨씬 덜 후회하는 삶을 살게 될 것이다.

목표가 있으면 좋은 까닭

성공한 사람들은 모두 비슷한 이유로 성공한다. 실패하는 사람들 역시 비슷한 이유로 실패한다. 나폴레온 힐은 각 분야에서 성공한 사람들을 연구해 그들의 공통점을 찾아냈다. 성공한 사람들은 한결같이 확고한 목표와 그것을 끝까지 해내려는 집요함을 가지고 있었다. 목표와 그에 대한 집요함이 천재성 등 그 외의 어떤 특성보다도 우선했다. 목표는 다음과 같은 몇 가지 점에서 우리에게 분명 도움이 된다.

방황하지 않게
도와줘요.

목적지와 코스를 정해 놓고 운전을 하면 길을 헤매지 않는다. 마찬가지로 되고 싶은 것과 하고 싶은 일을 정하고 살아가는 사람은 주변의 유혹을 좀더 쉽게 뿌리칠 수 있다. 시간을 낭비하는 일도 적다. 내면 깊은 곳에서 '하겠다' 는 열정이 불타고 있으면 가치 없는 일에 대해 '하지 않겠다' 고 말하는 것은 어렵지 않다.

쉽게 포기하지
않게 하지요.

54

정신과 의사 프랭클은 나치 수용소에서 끝까지 살아남았던 유태인들은 가장 건강한 사람도, 가장 머리 좋은 사람도 아니었다고 말한다. 그들은 반드시 살아 돌아가서 성취해야 할 목표가 있었기 때문에 포기하지 않았던 것이다.

효과적인 방법을 찾게 해줘요.

뚜렷한 목표를 갖게 되면 그 목표를 달성하기 위해 어떤 방법이 가장 효과적인지를 찾게 된다. 예를 들어, 저녁 7시까지 강남역에 도착해야 된다고 생각하면, 지하철을 타고 가야 할지, 버스를 타고 가야 할지를 생각하는 것과 같은 이치다.

지겨움을 줄이고, 성취감을 느끼게 하죠.

일을 할 때 목표가 없다면 달성 여부를 확인할 수 없기 때문에 당연히 성취감도 없다. 그러나 방을 정리하는 사소한 일조차도 30분 내에 끝내겠다는 목표를 정한다면 그렇지 않은 경우에 비해 덜 지겹게 할 수 있다. 그뿐 아니라 목표를 달성했다는 성취감을 더 많이 경험하게 된다.

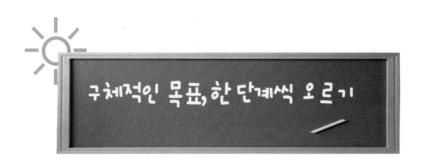

구체적인 목표, 한 단계씩 오르기

일이란 한데 뭉쳐 있는 덩어리가 아니다. 분량을 나누어 매일매일 처리할 수 있는 조각들이다.

—C. 힐티

> 선생님 한 학기 동안 수고 많이 하셨습니다.
>
> 이번 학기 강의는 정말 재미있고 유익했습니다.
>
> 다름이 아니라 이번 여름방학을 알차게 보내고 싶은데
>
> 어떻게 해야 할지 모르겠습니다.
>
> 조언을 부탁드립니다.

내 강의를 들었던 학생이 내 홈페이지에 올린 글의 일부다.

누구나 시간을 알차게 보내고 싶어한다. 그러나 많은 사람들이 의외로 목표 설정을 어떻게 하고 거기에 따르는 구체적인 계획을 어떻게 세워야 할지 모르는 것 같다. 달성하지 못한 목표는 나름대로의 이유가 있으며 성취할 수 있는 목표 역시 공통점을 갖고 있다.

아자-

성공적인 목표는 SMART한 목표

"BOYS BE AMBITIOUS(젊은이여, 야망을 가져라)!"

일본의 근대화정책을 돕기 위해 파견되었던 미국의 매사추세츠 주립 농대 학장인 클라크 박사가 일본의 젊은이들에게 남긴 참으로 멋진 말이다. 하지만 나는 원대한 야망을 품었다는 것만으로 성공한 사람을 주변에서 한 명도 보지 못했다. 꿈이 크면 성공 가능성도 클 것 같지만 막연한 야망은 오히려 좌절감의 근원이 된다.

우리에게 필요한 것은 단지 크고 원대한 야망이 아니라 달성 가능성이 높은 목표를 갖는 것이다. 그러기 위해서는 목표에 대한 정확하고 구체적인 인식이 필요하다.

꿈은 무조건 크게 갖는 거야! 우하하하.

더 체계적인 목표를…

심리학자들은 달성 가능성이 높은 목표를 세우기 위해서는 스마트SMART 규칙을 사용하라고 조언한다. 즉, 효과적인 목표란 구체적이고Specific, 측정 가능하며 Measurable, 행위 중심적이며Action-oriented, 현실적이고Realistic, 적절한 시간 배정 Timely을 한 것이다. 이 다섯 가지 핵심요소를 나타내는 각 영어 단어의 첫 글자를 따서 스마트SMART 규칙이라 부른다.

*Specific 막연한 목표에서 구체적인 목표로 : '방학을 알차게 보내겠다'거나 '영어 실력을 높인다' 식의 막연한 목표는 달성 가능성이 희박하다. 목표는 구체적이고 분명할수록 좋다. 예를 들어, '전공과목, 여행, 운동' 등 세부적인 목표 영역을 설정하고 '언제, 어디서, 무엇을, 어떻게, 얼마나' 할 것인지를 분명하게 정해두어야 한다.

*Measurable 측정 불가능한 목표에서 측정 가능한 목표로 : 방학 때 살을 빼기 위해 다이어트를 하기로 마음먹은 사람이 '목표'를 단지 '날씬해지는 것'으로 잡는다면 살빼기에 실패할 가능성이 높다. 왜? 자신의 행동 결과를 쉽게 비교 판단할 수 없기 때문이다. 목표 달성을 위한 노력을 지속적으로 하기 위해서는 반드시 변화 정도를 선명하게 관찰할 수 있어야 한다. 따라서 '날씬해지는' 목표에서 '3킬로그램을 줄이는' 목표로 바꾸면 그만큼 달성 가능성이 높아진다. 마찬가지로 '영어 실력을 높인다' 보다는 '하루에 10개, 한 달 동안 300개의 단어 외우기'가 달성 가능성이 높다.

*Action-oriented 사고 중심의 목표에서 행위 중심의 목표로 : '친절한 사람이 되는' 목표를 갖는다면 그것을 달성하기는 어렵다. 왜냐하면 거기에는 행위가 명시되지 않았기 때문이다. 따라서 그 목표는 행동 중심적인 목표로 바꾸어야 한다. 이렇게 말이다. "그동안 인사하지 않았던 사람들 중 한 사람에게 날마다 인사한다." 만약 돈을 모으고 싶다면 '돈을 아끼자'는 사고 중심적인 목표를 세우기보다는 '매주 월요일은 은행에 가서 천 원 이상씩 저축한다'는 행동 중심적인 목표를 세우자.

*Realistic 실현 불가능한 목표에서 현실적인 목표로 : 체중이 96킬로그램이나 나가는 사람이 '하면 된다!'는 믿음을 갖고 한 달 동안 45킬로그램의 날씬한 몸매를 갖겠다는 것은 그야말로 환상이다. 실현 가능하고 현실적인 목표를 달성하는 습관을 들이려면 '처음 일주일은 체중을 늘리지 않는다', '두 번째 주는 500그램을 줄인다' 등으로 구체적이고 실현 가능한 작은 일부터 시작해야 한다. 화학 공부를 잘하고 싶다면 부담 없는 참고서를 구해 처음에는 최소의 양만 목표로 잡아 독파하자. 그리고 그것이 달성되면 점진적으로 목표를 높이 잡자.

*Timely 부적절한 시간 배정을 적절한 시간 배정으로 : 실패하는 목표들이 갖는 또 다른 특징 중 하나는 그 목표를 수행하는 데 걸리는 시간을 적절하게 고려하지 않았다는 점이다. 목표 설정과 달성 과정에서는 반드시 시간을 고려해야 한다.

첫째, 목표를 달성하는 마감시간을 설정해야 한다.
'언젠가는 날씬해지겠다'가 아니라 '3개월 내에 5킬로그램을 줄이겠다'고 목표 달성 시간을 설정해야 한다.
둘째, 마감시간의 설정이 적절한지를 검토한다. 데드라인은 너무 짧아도 문제지만 너무 길게 잡아도 달성할 수 없다.

JUST DO IT! 구체적인 목표 만들어보기

사람들은 마감시간에 맞춰 자신의 행위를 조절하기 때문에 시간이 너무 많으면 더 나태해져서 목표 달성과 거리가 멀어진다.

〈보기〉

무엇을	언제	어디서	어떻게	얼마나
운동	6시에	운동장에서	뛰어서	다섯 바퀴를

〈나의 목표〉

무엇을	언제	어디서	어떻게	얼마나

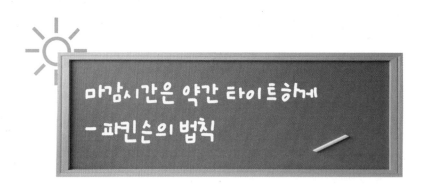

마감시간은 약간 타이트하게
- 파킨슨의 법칙

한번은 학생들에게 숙제를 내주면서 어떤 경우에는 일주일 내에, 어떤 경우에는 2개월 후 학기 말에 제출하게 했다. 재미있는 현상은 두 가지 경우 모두 레포트를 제출하지 않은 학생과 제출 기한을 넘기는 학생의 수가 비슷하다는 것이다. 그뿐 아니라 레포트의 질도 거의 차이가 없었다. 왜 그럴까?

만약 여러분에게 편지를 쓸 시간이 하루가 있다면 실제로 하루가 걸릴 것이다.

예컨대 편지를 받아볼 사람을 생각하는 데 1시간, 어떤 편지지에 어떤 내용을 쓸 것인지 생각하는 데 1시간, 볼펜과 종이를 찾는 데 30분, 쓰다가 음료수 마시고 공상하고 전화를 받는 데 1시간 30분, 봉투를 사러 가는 데 1시간이 걸릴 수도 있다. 편지한 통 쓰느라고 하루 종일 고생했다고 불평하면서 결국 녹초가 되어버릴지도 모른다. 그러나 반드시 30분 내에 편지를 부쳐야 할 일이 생기면 여러분은 분명 그 시간 내에 일을 마칠 수 있을 것이다. 시간이 많을수록 성과를 많이 내는 것이 아니라 바쁠수록 효율적으로 일하는 것이 인간의 본성이다. 다시 말하면 주어진 시간이 많으면 쓸데없이 일이 부풀려진다는 것이다.

이러한 현상을 '파킨슨의 법칙Parkinson's Law' 이라 한다. 영국의 역사가이며 사회경제학자인 파킨슨이 실질적인 작업량과 상관없이 공무원의 수가 증가하는 현상을 관찰해서 최초로 밝혔기 때문에 붙여진 이름이다. 중요한 것은 주어진 시간이 아니라 효율성이다. 오래 산 사람이 반드시 많은 것을 성취한다고 볼 수는 없지 않은가. 그러니 계획을 세울 때는 약간 빠듯하게 시한을 책정하자.

넵!

성공한 사람들은 실패한 사람들이 하기 싫어하는 일을 하는 습관을 가지고 있다. 그들도 그런 일을 하고 싶지 않은 것은 마찬가지다. 다만 그들은 자기가 가진 목표의 힘으로 하기 싫다는 생각을 극복한다.

ㅡ앨버트 그레이

성공한 사람들도 포기하고 싶을 때가 있답니다.
ㅡ벤자민 프랭클린

힘이 들어서, 하기 싫어서, 지루해서, 짜증이 나서 등 이유야 얼마든지 있죠. 목표를 성취하고 성공적인 삶을 산 사람들은 이럴 때 현명하게 대처했어요.
ㅡ링컨

나도! 하하.
ㅡ카네기

이들은 마음을 다잡고 자기를 통제하는 방법을 가지고 있었죠. 이게 실패하는 사람과 다른 점이죠.
ㅡ케네디

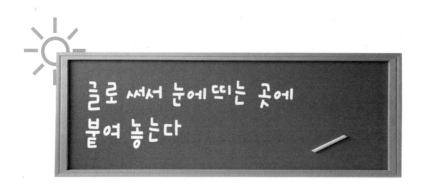

글로 써서 눈에 띄는 곳에
붙여 놓는다

목표를 쉽게 포기하지 않기 위해서는 반드시 글로 적어야 한다.
눈에 잘 띄는 곳에 붙여 놓으면 더 효과적이다.

훗– 이미
내 머릿속에
있는걸 뭐!

적어놔야
자극이 되지.

목표
달성

만일 어떤 대학의 특정 학과를 가고 싶다면 '나는 ○○대학교 ○○학과 학생 ○○
다'라고 크게 써서 책상 앞에 붙여두자. 그것은 목표를 향해 구체적이고 지속적으로
행동하겠다는 다짐이 되기 때문에 지겹거나 힘들더라도 쉽게 포기하지 않게 만든다.
수첩이나 노트, 책상 앞 또는 화장실 거울 등 눈에 띄는 곳에 붙여 놓자. 처음에는 다소
쑥스러울지 모른다. 그러나 쑥스러운 만큼 그 목표를 향해 더욱더 열심히 하게 된다.
왜? 책임져야 하니까.

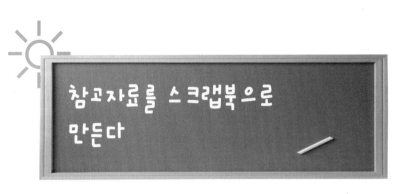

참고자료를 스크랩북으로 만든다

목표를 계속해서 마음에 담아두는 방법이 또 뭐가 있을까?

밑에 자세히 나와 있네.

자기가 원하는 것과 관련된 자료를 모아 스크랩북을 만들어보자.

만약 외국의 어떤 대학에 유학 가기를 원한다면 우선 그 대학의 사진부터 수집해보자. 캠퍼스를 거닐거나 잔디밭에서 담소하고 있거나 도서관에서 열심히 공부하고 있는 학생들의 사진을 붙여 놓고 자신이 그 사진의 주인공이라고 상상해보자. 포토샵을 다룰 수 있다면 그 사진에 자신의 모습을 붙여 넣으면 훨씬 더 효과적이다.

와~ 감쪽같은걸?

쿡쿡~ 기본이징~

만약에 수석으로 입학하는 것이 목표라면 매년 신문에 보도되는 수석 입학생의 사진과 인터뷰 기사를 모은다. 그리고 스크랩을 하든지 벽에 붙여 놓는다. 마음속에 막연한 목표를 갖고 있는 것보다 생생한 장면을 볼 수 있기 때문에 수시로 해이해지는 마음을 다잡기가 훨씬 쉬울 것이다.

목표를 수시로 점검한다

목표를 적어두는 것만으로는 충분치 않다. 목표를 수시로 점검해야 한다.

그게 뭐야?

헤

잊어버리지 않기 위해서 써놓은 거야.

망치

나는 어렸을 때 준비물을 잊어버리지 않으려고 손바닥이나 손등에 써놓거나 손가락 하나에다 실을 동여맸다. 그러면 손을 볼 때마다 눈에 띄어 잊어버릴 수가 없었다.

쇼핑 목록을 작성해서 가져갔다고 해도 목록을 수시로 확인하지 않으면 사야 할 물건을 못 사고 나오는 경우가 생긴다. 매장을 한 바퀴 도는 사이에 다른 물건이나 광고에 눈이 팔려서 꼭 사야 할 것을 놓치기 때문이다. 하지만 매장을 돌면서 목록을 수시로 들여다보면 그런 일은 일어나지 않는다.

엄마. 이번엔 계란을 사면 돼요.

호호- 그래.

진정으로 목표 달성을 원한다면 목표를 적은 목록을 지니고 다니면서 수시로 점검해야 한다. 그날그날 꼭 해야 할 중요한 일들을 수첩에 적어두자. 휴대전화의 액정화면에 표시해두거나 지갑이나 휴대전화에 포스트잇을 붙이는 것도 하나의 방법이다.

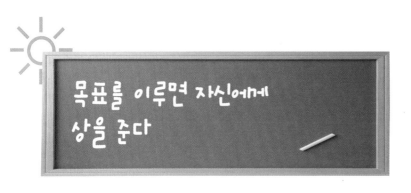

목표를 이루면 자신에게 상을 준다

모든 동물은 쾌감과 보상을 추구하고 불쾌한 경험은 회피한다. 따라서 동물을 훈련시킬 때 '먹이'라는 보상을 사용한다. 이 원리는 사람에게도 적용된다. 아이들에게 인사하기를 가르치기 위해 어른들이 가장 흔히 쓰는 방법은 인사할 때마다 머리를 쓰다듬고 칭찬을 해주는 것이다.

우리가 하는 대부분의 행동들은 보상에 의해 학습된 것들이다.

그러나 다른 사람으로부터 주어지는 외적 보상은 한계가 있다. 그래서 자신을 통제하려면 스스로 보상하는 훈련이 필요하다.

만약 계획했던 일들을 성공적으로 해냈다면 주말에 좋아하는 CD를 사거나 보고 싶었던 비디오를 빌려보는 것도 자기 보상의 한 방법이다. 그리고 거울을 보면서 스스로를 향해 칭찬해보자.

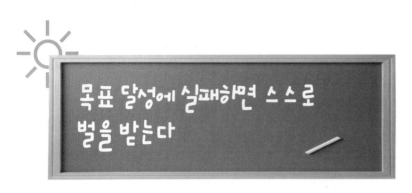

목표 달성에 실패하면 스스로 벌을 받는다

우리는 왜 하기 싫은 숙제를 억지로 하며 무엇 때문에 지각을 하지 않으려고 애쓸까? 이유는 간단하다. 그렇게 하지 않으면 더 괴로운 일이 발생하기 때문이다. 다시 말하면 벌을 받기 때문이다.

나쁜 습관이나 행동을 변화시키기 위해서 가장 많이 사용하는 것이 처벌이다. 대부분의 경우 벌은 다른 사람들로부터 받는다. 그러나 성공적인 삶을 산 사람들은 스스로 벌을 주어 자기를 통제한다. 정말 보람 있는 삶을 살고 싶은가? 그렇다면 그 방향에서 벗어나는 행동을 했을 때 스스로를 처벌하는 규칙을 만들어야 한다. 만약 아침마다 30분씩 조깅을 하기로 했는데 그것을 지키지 못했다면 자기 처벌 규칙을 적용할 수 있다.

JUST DO IT! 스스로 상 주고 벌 받기

일주일 동안 꼭 달성하고 싶은 목표 세 가지만 찾아보세요.

매일 실행할 수 있고 분명하게 측정 가능한 목표가 뭘까요?

목표를 달성했을 때 자신에게 보상할 수 있는 방법과 목표 달성에 실패했을 때 스스로를 벌줄 수 있는 방법도 찾아보아요.

<보기>

목표	달성시의 보상	실패시의 처벌
일주일간 6시에 기상	주말에 영화 1편 보기	일주일간 TV 안 보기

<나의 목표>

목표	달성시의 보상	실패시의 처벌

현명WISE한 목표 달성 방법

목표를 세워도 제대로 실천하지 못하는 경우가 많다. 다음의 네 가지(W-의지, I-실천력, S-끈기, E-열정)는 목표를 효과적으로 달성하는 사람들이 갖고 있는 핵심 특징이다.

*W(Willpower) 반드시 달성한다는 강한 의지 : 일단 목표를 세우면 반드시 달성한다는 의지와 신념이 있어야 목표를 달성할 수 있다.

*I(Initiative) 즉각적인 실천 : 하고 싶을 때, 시간이 날 때, 여건이 될 때를 기다리지 말자. 목표가 중요하다면 그것을 위해 작은 일이라도 미루지 말고 오늘 당장 실천하자.

*S(Stamina) 끝장을 본다는 끈기 : 단시일 내에 목표를 달성하겠다는 생각보다는 끈기를 가지고 하나씩 달성하겠다고 생각하라. 성공의 힘은 목표로 삼은 일을 끝까지 하는 것이다.

*E(Enthusiasm) 긍정적인 마음과 열정 : 아무리 훌륭한 목표라도 그 일을 좋아하지 않으면 어려울 때 쉽게 포기하게 된다. 목표를 달성하려면 무엇보다 그 일을 좋아해야 한다.

아~ 너무너무 중요한 말이야. 내 마음에 콱 와 닿네.

실천이나 하셩~

기우제를 지내면 왜 비가 올까?

아메리카 인디언 제사장인 레인메이커가 가뭄 때 기우제를 지내면 반드시 비가 왔다. 그는 한 번도 기우제에 실패한 적이 없었다. 어떻게 그런 일이 일어날 수 있었을까? 그들의 정성 어린 기도에 하늘이 감동해서? 비가 올 때쯤 기우제를 지내서? 아니다. 한 번 시작하면 비가 올 때까지 쉬지 않고 기우제를 지냈기 때문이다. 무슨 일을 하건 성공의 비결은 성공할 때까지 포기하지 않고 실천하는 것이다.

"느린 것을 두려워하지 말고 중도에 그만두는 것을 두려워하라."

－중국 속담

3

노는 것을 먼저 하면 노는 물이 달라진다

—너무 놀면 후회할 일이 생긴다

시간을 최악으로 사용하는 사람들이
시간이 부족하다는 불평을 가장 많이 한다.
— 라 브뤼에르

우… 우성아.

우리…

응… 유빈아.

우리 사랑 변치 않았으면 해.

여… 영원히.

…

응~ 나도 동감이야!

아얙!

꿈…
꿈이었구나.

갑자기
담임 선생님
얼굴이…

나랑
사귀지
않을래.

악-

생각
하기 싫어!

엄마!

아빠!

76

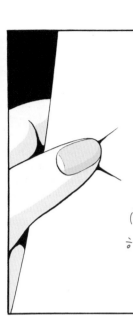

유빈아.

오늘은 아빠랑 엄마랑 결혼한 지 15년이 되는 날이란다.

우리딸, 그동안 건강하게 잘 자라주었구나.

식탁에 2만원 놔뒀으니 피자 사먹고 공부하렴.

아까 곤히 자고 있어 깨우지 못하겠더라.

(그럼 우린 더 맛있는 거 먹고 오마.)

하하.

오늘이
아빠 엄마
결혼기념일…?

두 분 모두
외출하셨고
집에 나 혼자…

나
혼자라구?!

TV 리모컨부터 통제하자

시간을 낭비하는 사람들은 미래의 만족을 위한 일보다 지금 당장 재미있는 일에 매달린다. 그래서 내일이 시험인데도 인터넷 채팅이나 게임 또는 수다떨기 같은 사소한 일들로 시간을 보낸다. 시간을 현명하게 사용하는 사람들은 항상 미래의 관점에서 생각하고 중요한 일을 우선 선택한다.

리모컨이 인생을 컨트롤하게 하지 말자

당장 내일이 시험인데도 TV에 좋아하는 가수가 나온다고 하면 그 생각이 머리에 맴돌아 책이 눈에 들어오지 않는다. 공부를 하자니 TV가 눈에 아른거리고 TV를 보자니 시험이 걱정이다. 그때 머리를 스치는 말이 있다. "꿩 먹고 알 먹기." "일석이조." 결국 두 가지 욕구를 한꺼번에 해결하기 위해 TV를 보면서 공부를 하는 것이다.

그러나 유감스럽게도 책과 TV 어느 것에도 제대로 몰입할 수 없다. 그것이 우리 뇌의 정보처리 메커니즘이다.

TV에 빠져 있으면서 어떤 식으로 자신을 합리화하든 그것은 당사자의 자유다. 그리고 TV 속의 등장인물들을 보면서 웃고 우는 시청자의 역할로 만족한다면 그것 역시 그 사람의 자유다. 그러나 연예인들의 연기나 노래와 춤을 구경하는 관객의 역할에만 만족하기에는 우리의 인생이 너무 소중하고 아깝다고 생각하지 않는가? 자신이 한 번도 무대의 주인공이 되지 못한다면 그것은 정말 슬픈 일이다.

TV 리모컨을 오래 붙잡고 있다면 그만큼 우리는 TV에 자신의 삶을 내주는 것이다. TV 시청으로 시간을 낭비하기로 선택한다면 그 순간에는 다른 일을 하지 않기로 선택하는 것과 같다.

하하. 맞아요!

더 나은 삶을 살고 싶다면 지금 당장 우리를 통제하고 있는 리모컨부터 통제해야 한다. 순간의 즐거움 때문에 TV에서 눈을 떼지 못할 때, 우리의 시선을 붙들어두기 위해 치밀하게 계산한 프로그램 제작자들은 미소를 짓겠지만 우리의 삶은 저만치 뒤처질 것이다. 자기를 통제할 수 없는 사람은 언제나 통제력을 갖고 있는 사람에게 끌려다닐 수밖에 없다는 것은 거스를 수 없는 삶의 법칙이다.

습관적으로 TV를 보다보면 적극적으로 사고하고 능동적으로 판단하는 능력이 떨어진다. 또 다른 사람들과 어울리지 못해 대인관계 문제가 생길 수 있다.

세계를 바꾸겠다는 의지로 인생은 시작된다. 그러나 고작 TV 채널을 바꾸는 것으로 인생은 끝이 난다.
—루치아노 데 크레센초

TV, 이렇게 시청하자

우리가 TV를 보는 이유 중 하나는 많은 정보를 얻을 수 있기 때문이다. TV는 국내 외에서 일어나는 다양한 뉴스와 시사 문제, 사회적인 이슈들뿐 아니라 외국어 공부나 명화 감상 등 많은 정보를 제공해준다. 그러나 한국 청소년연구원의 조사 결과에 따르면 "새로운 지식이나 정보를 얻기 위해" TV를 시청한다는 학생들은 불과 18.1%였다.

18.1%래.

TV는 활용하기에 따라 매우 좋은 교육수단이 될 수 있다. 동영상과 소리를 통해 다양하고 풍부한 자료를 동시에 제공함으로써 자칫 지루해질 수 있는 학습 내용도 관심을 끌 수 있기 때문이다. 활용하기에 따라 TV에서 얻을 수 있는 것은 너무나 많다. 따라서 잘만 사용하면 TV는 바보상자가 아니라 지혜상자가 될 수 있다. TV를 좀더 유익하게 사용하기 위해서는 다음 몇 가지를 고려할 필요가 있다.

무슨 프로를 하는지 알려고 TV 켜지 않기.

TV를 보기 전에 반드시 신문에서 프로그램 편성표를 보고 자신에게 유익한 프로그램을 고르는 계획적인 시청습관을 기르자. 그리고 그 프로그램이 끝나면 반드시 TV를 끄자.

프로그램을
확인하고 계획을
세워서 시청하기.

꼭 보고 싶은 프로그램이 있으면 그것을 생활계획표에 집어넣자. 그리고 그것을 부모님에게도 알리자. 그러면 TV 시청 때문에 부모님의 눈치를 살피지 않아도 되고 편안한 마음으로 즐길 수 있다.

습관적으로 모든
채널을 돌려보지 않기.

무계획적으로 시청하는 사람들은 특정 프로의 TV를 시청할 때도 이리저리 채널을 돌리곤 한다. 소위 채널 서핑을 하는 사람들은 그렇지 않은 사람들에 비해 불필요한 TV 시청시간이 현저하게 많은 것으로 밝혀졌다.

TV 시청 소감문을
작성해보기.

유치해도 좋으니 느낀 점, 배울 점, 혹은 "내가 주인공이라면 이렇게 할 텐데." 하는 생각을 적어보자. 일주일에 한 번 정도는 제작자나 시청자의 입장에서 프로그램의 장단점을 써보고, 더 좋은 프로그램을 만들기 위해서는 어떻게 해야 하는지를 비판적인 시각에서 찾아보자. 그러면 TV는 바보상자가 아니라 '정보창고' 가 될 것이다.

필요한 프로그램은 녹화해서 보기.

도움이 된다고 생각하는 프로그램은 녹화를 해서 나중에 보자.
그러면 채널을 돌리면서 계획에 없는 프로그램을 보느라 시간을 낭비하지 않아도 된다.

TV 보지 않는 날을 정하기.

미국에선 매년 4월 마지막 한 주간 'TV 안 보기' 캠페인이 벌어진다. 적어도 일주일에 하루는 TV 안 보는 날로 정하고, 운동이나 독서 등 다른 활동에 시간을 투자하자. 삶의 질이 달라질 것이다.

TV가 삶에 도움이 되게 하려면 어떻게 해야 할까? 머릿속에 떠오르는 대로 세 가지만 적어보자.

하나 _____

둘 _____

셋 _____

목표가 뚜렷하면 TV 시청이 다르다

일을 할 때는 푹 빠져서 하고 열정을 가지고 살아가는 사람을 "자기 목적성에 충만하다."고 말한다. 심리학자 애들라이 게일은 우수한 고등학생 200명을 대상으로 자기 목적성이 뚜렷한 학생과 그렇지 못한 학생을 선발했다. 자기 목적성이 뚜렷한 상위 50명의 집단은 자신에게 고난도의 과제를 해결할 수 있는 능력이 있다고 믿는 학생들이었다.

게일은 이 두 집단의 청소년들이 시간을 어떻게 보내는지 알고 싶었다.

조사 결과 자기 목적성이 뚜렷한 집단은 깨어 있는 시간의 11%를 공부에 투자했다. 자기 목적성이 낮은 집단은 6% 정도에 불과했다. 두 집단은 취미 활동에 보내는 시간에서도 약간의 차이를 보였다. 전자와 후자가 각각 6%와 3.5%였다. 운동에 투자하는 시간은 각각 2.5%와 1%였다. 자기 목적성이 낮은 집단이 유일하게 더 많은 시간을 투자하는 일은 TV 시청이었다. 이들의 TV 시청시간은 15.2%로 자기 목적성이 있는 집단의 8.5%보다 2배나 많았다.

우리 집 거실에 놓여 있는 TV 위에 이런 메모를 붙인 적이 있다.

1. 왜 켰지?
2. 대신 할 다른 일은 뭐지?

그러자 중학생 딸이 "아빠, 저것 좀 떼면 안 돼요? 스트레스 받는단 말예요." 하고 볼멘소리를 했다.

나는 이렇게 말했다. "무슨 일이든 무심코 하지 말자는 뜻이야. 스트레스를 받으라는 것이 아니라 항상 생각을 하면서 우리 행동을 선택하자는 말이지. 알겠니?"

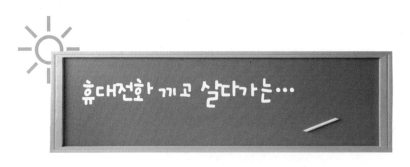

휴대전화 끼고 살다가는…

중·고등학생들이 입학·졸업 선물로 가장 받고 싶은 것 중 하나가 휴대전화다. 모든 심리에는 그 이유가 있다. 청소년들이 그토록 휴대전화를 원하는 데도 이유가 있다.

또한 집에서도 자기만의 휴대전화를 사용해 통화를 하거나 문자 메시지를 보냄으로써 프라이버시를 침해받지 않으려 한다.

뭔가 중요한 일에 몰입하고 있다가도 전화벨이 울리면 우리는 전화를 받는다.

한강에서 뛰어내리던 사람도 벨이 울리면 전화를 받을 것이다.

우리는 아무리 바쁜 일이 있어도 전화벨이 울리면 그것을 받지 않고는 못 배긴다.

살면서 무엇이 가장 자신을 기쁘게 해주고, 또 슬프게 만드는가를 생각하면 십중팔구 우리는 누군가를 떠올리게 된다. 다른 사람들과의 관계는 우리의 진로와 행복에 정말 막강한 영향을 미친다.

우리는 다른 사람들과 어울리지 않거나 혼자 사는 사람은 정신적으로 문제가 있다고 생각하는 경향이 있다. 그래서 혼자 있기를 좋아하는 개인은 별종으로 취급당하고 여러 가지 박해를 받는다. 그러므로 남들 다 가지는 휴대전화가 필요하다.

여러분이 만약 한시라도 휴대전화 없이 생활할 수 없다면 그 이유는 무엇일까? 다른 사람들과 연락이 되지 않으면 불안하기 때문이다.

우리는 필요하니까 휴대전화를 이용하고 있다고 생각한다. 하지만 결과적으로 이동통신회사를 위해 우리의 시간과 돈을 내주고 있는 셈이다. 별 도움도 안 되는 얘기를 주고받으면서 휴대전화에 투자하는 시간의 양은 생산적인 일에 투자할 수 있는 시간과 반비례된다. 그러나 이동통신회사의 수입과는 정확하게 정비례한다. 과연 그렇게 사는 것이 바람직할까?

시간을 관리하지 못하는 사람은 다른 아무것도 관리하지 못한다.

−피터 드러커

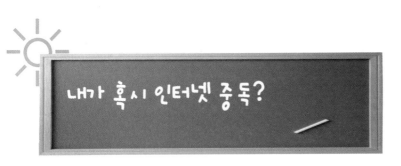

내가 혹시 인터넷 중독?

최근 미국의 컴퓨터접속중독 센터에서 인터넷 중독 징후 열 가지를 발표했답니다.

이 중 세 가지 이상이면 중독 가능성이 있대요!

1. 하루도 빠짐없이 인터넷을 사용한다. 하루라도 인터넷에 접속하지 않으면 마음이 허전하다(업무상 사용은 예외).

2. 접속한 후에는 시간 가는 줄 모른다. 밤을 새우는 것이 다반사다.

3. 컴퓨터를 하느라 외출 빈도가 점점 줄어든다.

4. 식사시간이 줄고 모니터 앞에서 밥을 먹는다.

5. 인터넷에 과도한 시간을 보내면서도 그 사실을 인정하지 않으려고 한다.

6. 자신은 못 느끼지만 주변 사람들이 컴퓨터를 너무 오래 쓴다고 지적한다.

7. 별 이유 없이 수시로 메일함을 열어보며 새로 도착한 메일이 없으면 실망한다.

8. 자기 홈페이지 주소를 알리고 싶어 안달한다. 관련이 없는 사람에게조차 알려주며 접속자 수를 수시로 확인한다.

9. 시간에 쫓기면서도 휴식하는 기분으로 인터넷에 들락거리기를 반복한다.

10. 인터넷을 할 때는 가족도 귀찮고 아무도 없어야 편하다.

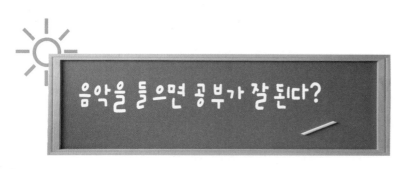

음악을 틀으면 공부가 잘 된다?

딴 생각이 안 나요.

공부가 지겹지 않아요.

주변의 잡음이 안 들려서 좋아요.

스트레스가 풀려요.

졸리지가 않죠.

공부를 하면서 음악을 듣는 이유

많은 학생들이 공부를 하면서 음악을 듣는다. 왜? 동시에 둘 다 할 수 있다고 생각하기 때문이다. 하지만 그게 가능할까?

정보처리 메커니즘의 핵심은 특정 상황에서 사용할 수 있는 주의력의 용량이 한정돼 있다는 점이다. 그리고 어느 한 가지에 주의를 기울이면 상대적으로 다른 것에는 주의를 기울일 수 없다. 이를 심리학에서는 주의 감소화 모델Attention Attenuation Mode이라고 한다.

이 모델에 따르면 음악을 들으면서 공부를 할 경우 음악에 주의를 빼앗긴 만큼 공부에 쏟을 수 있는 주의력이 감소한다고 한다.

안 되겠어. 한꺼번에 해야지. 시간도 없는데…

그러다 한 가지도 제대로 되는 게 없겠다.

굳이 음악을 들어야 한다면…

"음악 없이도 살 수 있다."고 하는 사람은 무미건조한 사람일 거예요. 그러나 할 일을 잊고 시도 때도 없이 음악에 묻혀 산다면 그것은 결코 현명한 선택이 아닐 거예요.

우리의 삶을 스스로가 선택해봐요. 음악이 우리 인생을 좌지우지하지 않게 하려면 우리가 음악을 선택해보는 것이 어떨까요?

단순하고 기계적인 일을 할 때 듣는다

만약 신문을 보거나 만화책을 보는 것이라면 음악을 들어도 별로 지장을 받지 않을 것이다. 그것은 아주 적은 양의 집중을 요구하기 때문이다. 그러나 집중력이 많이 요구되는 문제를 풀 때는 음악을 듣지 않는 것이 좋다. 물이 낮은 곳을 향해 흐르듯이 주의는 재미를 찾아 쏠리는 경향이 있기 때문이다.

팝송이나 클래식 연주곡을 듣는다

팝송을 잘만 들으면 두 가지 이점이 있다. 하나는 영어 청취 능력을 증진시킬 수 있다는 것, 또 하나는 대중가요만큼 의미가 파악되지 않기 때문에 공부하는 데 방해가 많이 되지 않는다는 것이다. 정 음악이 듣고 싶을 때는 팝송이나 마음을 차분하게 해주는, 가사가 없는 클래식 연주곡을 들어보자. 그런 음악이 주의를 덜 분산시킨다.

JUST DO IT! 내 삶에 음악이 보탬이 되게 하려면?

명상할 때도 많이 듣잖아요.

맞아.

시간을 정해 놓고 듣는다

음악을 듣는 것은 긴장을 풀어주고 정서적인 안정감을 제공해줄 수 있다는 점에서 우리의 삶에 매우 유익하다. 음악을 들으려면 지루하거나 피로할 때 또는 긴장될 때 공부하는 것을 일단 멈추고 심취해서 듣자. 이때는 가요나 팝송에 상관없이 듣고 싶은 것을 맘껏 들어보자. 신나는 댄스곡이면 더 좋다. 시도 때도 없이 음악에 빠져 있지 말고 시간을 정해 놓고 들으면 음악은 우리의 삶을 훨씬 윤택하게 해줄 것이다.

 나의 삶에 음악이 보탬이 되게 하려면 음악을 언제 어떻게 듣는 것이 좋을까?
세 가지만 써보자.

하나 _____

둘 _____

셋 _____

뉴턴과 달걀:
이 정도는 몰입을 해야…

뉴턴이 실험에 몰두하고 있던 어느 날 문득 시장기가 느껴졌다. 그는 냄비 속에 달걀을 넣고 삶았다. 얼마 후 달걀이 적당히 삶아졌겠지 하고 냄비 뚜껑을 열었다가 그는 깜짝 놀랐다. 달걀이 시계로 변한 것이 아닌가! 일에 너무 열중한 나머지 달걀이 아니라 그 옆에 둔 회중시계를 냄비 속으로 집어넣은 것이다.

여러분도 잘 알고 있는 '뉴턴과 달걀'에 관한 일화다. 이 일화의 또 다른 버전도 있다. 어느 날 뉴턴이 어떤 문제로 고민에 빠졌다. 그때 그의 조수가 실험실에 들어와서 알코올램프에 달걀을 삶아 먹으려고 했다. 그러나 뉴턴은 혼자 있고 싶었다. 그래서 조수에게 대신 달걀을 삶아줄 테니 나가달라고 부탁했다. 조수는 뉴턴에게 시계를 주면서 정확하게 3분 동안만 삶아달라고 했다.

나중에 냄비를 열어본 조수는 깜짝 놀랐다. 펄펄 끓고 있는 물 속에는 달걀 대신에 그의 시계가 들어 있었던 것이다. 뉴턴은 달걀을 손에 쥔 채 골똘히 생각에 빠져 있었다.

뉴턴의 전기작가인 리처드 웨스트폴은 뉴턴의 이 유명한 일화가 사실이 아니라고 주장한다. 이 일화의 사실 여부는 중요하지 않다. 이 일화가 우리에게 가르쳐주는 교훈은 성공적인 업적은 타고난 재능보다는 한 가지 일에 빠지면 잠자고 먹는 것까지 잊어버릴 정도로 몰두하는 습관에 기인한다는 것이다.

인생을 낭비한 죄

빠삐용 : 전 결백합니다. 죽이지 않았어요. 증거도 없이 뒤집어씌운 거요.

심판자 : 그건 사실이다. 넌 살인과는 상관없어.

빠삐용 : 그렇다면 무슨 죄로?

심판자 : 인간으로서 가장 중죄, 인생을 낭비한 죄!

빠삐용 : 그렇다면 유죄요. 유죄… 유죄… 유죄… 유죄…!

— 영화 〈빠삐용〉 중에서

어떤 경험이 즐겁다고 느끼는 것은 그 경험 자체가 즐거워서가 아니라 우리가 그 경험을 즐겁게 느꼈기 때문이다.

—리처드 칼슨

4

주변을 정리하면 집중력이 높아진다

— '정리정돈'을 내 전문분야로 만들자

당신이 어떤 일을 할 수 있다고 생각하건, 할 수 없다고 생각하건, 당신은 옳다.

— 헨리 포드

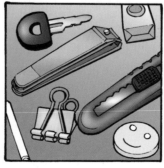

이게 뭐니?

네! 집중력 향상시키는 기계예요.

요즘은 굉장히 작고 가볍게 나오던데 그건 무척 크구나.

중국산 이거든요.

그건 그렇고 자리 정리 좀 하렴. 그렇게 많이 널려 있어서 어디 공부가 되겠니?

죄송합니다.

A - 1

조심해서 가라.

안녕히 가세요.

우~ 피곤해.

경민아! 가방 가져가야지.

엥?!

휴~ 내 정신 좀 봐. 큰일날 뻔했네.

부우웅

내일 보자.

가, 가람아!

집중하자

오빠~ 왔쪄?

뭐,
뭐하는 거야.
여기서.

머리핀을
잊어버렸쩌.

찾아줘,
오빠…

혹-

얘는 어떻게 된 거야?
저녁 먹으라고 했더니
나오지도 않고.

경민아!

103

넌 왜 그렇게 정신이 없니? 툭하면 물건을 잊어버리기나 하고.

공부는 열심히 하는 것 같은데 성적도 안 오르고 말야.

왜 그런지 잘 좀 생각해봐. 열심히 하는 것도 좋지만 능률적으로 해야지.

저도 잘 모르겠어요. 그냥 책상 앞에만 앉으면 멍한 게… 도무지 집중이 안 되고.

밤엔 잠이 안 와서
매일 지각만 하고
저도 걱정이에요.

아빠가 사주신 건
효과가 없니?

그거 중국산이잖아요!
싸구려라 효과가 없어요.

뭣!

무슨 소리야?
그거 아빠가 정품이라고
비싸게 주고 샀다던데.

뒤에 보면 원산
지가 중국이라고
써 있어요.

분명 보나마나
또 어디서 속은 거야.

ㅇㅇ…

으~ 잘 알아보고
구입하라고 그렇게
당부했건만.

어… 엄마…

들어오기만 해봐!

꺼억~
여기가 우리 집
맞나?

공부에 어려움을 느끼는 학생들이 가장 흔하게 호소하는 문제는 집중력과 관련된 것들이다. 학생들은 집중력은 일종의 타고난 능력이며 노력하더라도 개선될 여지가 별로 없는 지능 지수와 같이 고정된 능력이라고 생각하는 것 같다.

다음의 질문에 답해보자.

• PC방이나 오락실에서 게임에 몰두하다가 예정된 귀가시간이나 학원에 갈 시간을 놓쳐 버린 일이 있는가?

• 소설이나 만화에 빠진 나머지 어머니가 부르는 소리를 듣지 못한 적이 있는가?

• 인터넷에 빠져서 평소보다 늦게 잠든 적이 있는가?

• 좋아하는 비디오나 TV 프로그램을 보느라 식사시간이 지났는데도 배고픈 것을 잊은 적이 있는가?

• 좋아하는 이성 친구와 함께 있을 때 시간이 너무 빨리 지나간다고 생각해본 적이 있는가?

만약 하나라도
"예."라고 대답했다면
그것은 집중력을 갖고
있다는 증거예요.

　그런데도 공부에는 집중이 안 된다? 그것은 당연하다. 왜? 누군가 자신을 부르는 소리조차 듣지 못하고 시간이 얼마나 지났는지도 모를 정도로 몰두한다는 것은 그것이 재미있었기 때문이다.

　앞에서 열거한 일들은 모두 재미있다는 공통점이 있기 때문에 몰두할 수 있으며 공부는 재미가 없기 때문에 집중이 안 되는 것이다. 더 정확하게 표현한다면 집중이 안 되는 것이 아니라 집중할 필요성을 느끼지 못하는 것이고 여러분 스스로가 집중을 하지 않는다는 것이다.

전 공부가
가장 쉬웠어요.

부럽다!

벽에 연예인 사진을 붙이면...

눈으로 말해요-

사방

연예인 사진.

여러분의 방에 연예인의 사진이 붙어 있다면 틀림없이 그 주인공들은 멋지거나 아름다운 외모를 가졌을 것이다. 그리고 아마도 밝은 표정에 멋진 미소를 짓고 있을 것이다. 다른 사람이 우리에게 밝은 표정으로 미소를 지으면 우리도 반사적으로 미소를 짓는다. 내가 좋아하는 스타가 그것도 매력적인 모습으로 내게 미소짓는 사진을 보는 것은 상상만 해도 기분이 좋다.

지친 몸으로 학교에서 돌아와서 지겨운 시험 준비를 하다가 문득 벽에 붙여둔 연예인 사진들을 보면 한결 기분이 좋아진다. 그것 자체는 결코 나쁘지 않다. 문제는 그것이 우리의 생각과 행동을 통제하는 신호로 작용하며 소중한 시간을 낭비하게 한다는 것이다.

무슨 말인지 이해가 안 된다고요?

그럼 한 가지 예를 들어 볼까요?

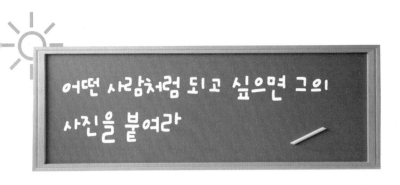

어떤 사람처럼 되고 싶으면 그의
사진을 붙여라

러시아의 생리학자이자 심리학자인 파블로프는 개에게 종소리를 들려준 후 먹이를 주었다. 이것을 몇 번 반복하자 개는 종소리만 들리면 침을 흘리기 시작했다. 이것이 조건반사 현상이다.

파블로프는 인간의 많은 행동들이 조건 형성 과정을 통해 학습된 일종의 조건반사임을 오래전에 증명했다. 정말 그런가?

사람이 많은 자리에서 어디선가 벨이 울리면 반사적으로 자기 휴대전화를 찾는다. 그리고 자기 거라는 게 확인되면 바로 전화를 받는다. 벨이 울리면 왜 전화를 찾고 받을까? 두말 할 것도 없이 벨소리는 전화가 왔다는 신호임을 알기 때문이다. 횡단보도의 신호등에 파란 불이 켜졌다. 그러면 사람들은 길을 건널 것이다. 왜? 신호등이란 말그대로 가도 된다는 것을 알려주는 '신호' 등이기 때문이다.

벨소리를 듣고 전화를 받는 것은 개가 종소리를 듣고 침을 흘리는 행위와 동일하다. 벽에 붙은 연예인 사진을 보면서 취하는 자신의 행동과 생각들을 점검해보자. 이런 저런 공상들을 하거나 그들을 부러워하거나 아니면 침을 흘리면서 넋을 잃고 있을지 모르겠다. 그 사진들을 바라보면서 공부를 더 열심히 해야겠다고 생각하는 사람은 없을 것이다. 그러기를 하루 이틀 반복하면? 파블로프의 개가 종소리만 들으면 침을 흘리듯 사진을 볼 때마다 공상에 빠지거나 넋을 빼놓게 될 것이다.

꿈을 이루고 싶다면

뭔가를 이루고 싶다면 그렇게 하도록 만들어주는 신호를 벽에 붙여라. 부자가 되고 싶다면 닮고 싶은 부자의 사진을, 최고의 만화가가 되고 싶다면 최고의 만화가 사진을 붙여라. 그러면 그것은 여러분이 바로 그런 사람이 되도록 생각과 행동을 자극하는 신호가 될 것이다.

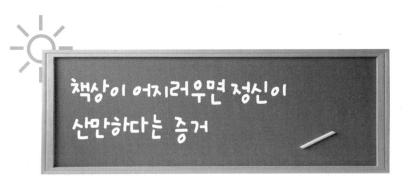

책상이 어지러우면 정신이 산만하다는 증거

책상 위의 물건들 역시 우리의 생각과 행동을 통제하는 신호로 작용한다. 여러분의 책상 위에 가요나 게임 CD, 잡지, 스포츠 신문, 편지, 친구의 전화번호를 적은 메모지 등 온갖 잡동사니 속에 책과 노트가 파묻혀 있다고 가정하자. 책상 앞에 앉으면 어떤 생각과 행동을 하게 되는지 그리고 어떤 문제가 발생하는지를 찾아보자.

으~
어지러워…!

자극이 많으면 주의가 분산된다

경주마들에게 앞만 보도록 좌우 시야를 가리개로 차단하는 모습을 본 적이 있을 것이다. 왜? 그렇지 않으면 말의 집중력이 떨어져서 최선을 다해 달리지 않기 때문이다.

도서관에 가야 공부가 잘 되는 이유 중의 하나는 대부분의 도서관이나 독서실에는 경주마에게 씌우는 가리개처럼 칸막이가 양쪽에 있기 때문이다. 우리 딸은 집중이 안될 때는 스티로폼 같은 것으로 책상에 좌우 칸막이를 만들곤 한다.

나만의 절대
공간이에요.

책상에서는 공부만!

　　책상 위에 공부와 관련이 없는 CD가 눈에 띄면 노래를 듣고 싶은 생각이 들고 그 생각은 당연히 노래를 듣는 행동으로 연결된다. 책상 앞에 앉아 있는 시간을 노래를 듣는 데, 잡지를 보는 데, 전화를 거는 데 주로 쓴다면 또 다른 조건반사 행동을 갖게 된다. 책상이란 파블로프의 종소리와 같은 것이고 노래를 듣는다거나 잡지를 보거나 전화를 하는 행동들은 파블로프의 개가 침을 흘리는 행동에 해당된다.

지금 당장 해야 할 공부와 관련된 책과 노트 및 필기도구만 남기고 모두 치워보세요.

그리고 책상은 공부할 때만 사용하고 전화를 하거나 잡지를 보거나 음악을 듣는 것은 반드시 다른 장소에서 해보세요.

　　이것을 일주일만 시도해본다면 여러분은 놀라운 변화를 경험할 것이다.

왜? 책상이 공부에 대한 생각과 공부하는 행동을 유발시키는 신호가 되었으니까. 이처럼 신호 자극을 통제해서 행동의 변화를 유도하는 심리치료 기법을 심리학에서는 자극통제기법Stimulus Control Technique이라고 한다.

예를 들어, 영어 공부를 하기 위해 컴퓨터를 켰는데 바탕화면에 게임, 음악, 인터넷 프로그램의 아이콘들이 보인다고 치자. 바탕화면에 아이콘이 설치되어 있지 않은 학습 프로그램보다는 우선 인터넷이나 게임의 아이콘에 마우스를 갖다댈 가능성이 높다.

책상 위에 컴퓨터를 놓아둔 학생들이 많은데 컴퓨터의 유혹이 문제가 된다면 그것을 다른 곳으로 치우거나 바탕화면을 정리해서 유혹의 신호들을 제거해야 한다.

공부를 끝내면 책상을 치워 놓자

책상과 서랍, 책꽂이는 공부가 시작되는 곳이다. 책은 과목별로 정리하든지, 참고서, 노트, 교과서, 교양서적 등 나름대로 분류체계를 만들어 정리하자. 서랍 역시 필기도구, CD, 준비물, 편지나 카드 등 용도를 구분해서 정리하자. 그리고 쓰지 않는 물건들을 과감하게 버리자. 서랍을 정리하다 보면 절반 이상이 버려도 되는 것들이다. 결코 멋지고 깔끔한 책상과 서랍을 갖는 것이 목적이 아니다.

온갖 잡동사니들이 뒤섞여 있으면 필요한 물건을 찾는 데 시간과 노력이 많이 든다. 시간과 노력이 많이 드는 일은 하고 싶지 않은 게 사람의 본성이다. '공부나 해볼까?' 라고 생각하다가도 정신없이 뒤죽박죽인 책상 위를 보게 되면 공부할 마음이 싹 달아나고 말 것이다.

모든 일은 시작보다 끝이 중요하다

　사람의 됨됨이는 처음 만날 때보다 헤어질 때 더 잘 알 수 있으며 그 사람의 일하는 방식은 일을 마무리할 때를 보면 확실하게 판단되는 법이다. 공부를 마치면 책상 위에 펼쳐 놓았던 모든 것을 그대로 내팽개치는 학생들이 많다. 공부를 끝내면 바로 책상 위를 깨끗하게 정돈하고 다음날 가지고 갈 책이나 노트 또는 준비물을 미리 챙겨 놓아야 한다.

나는 퇴근할 때 반드시 책상 위를 깨끗하게 정리한다. 그리고 그날 했던 일들에 대해 잠시 생각해본다. 그리고 다음날 해야 할 일이 무엇인지 점검하고 연구실 문을 닫는다. 그 시간은 5분이면 충분하다. 그렇게 하면 두 가지 이점이 있다.

첫째, 그날 했던 일들에 대한 자부심과 뿌듯한 마음을 가지고 퇴근할 수 있다.

둘째, 다음날 출근했을 때 곧바로 일에 착수할 수 있다. 어쩌다가 정리를 하지 않고 퇴근해, 다음날 출근해서 정신없이 어질러진 책상을 대하면 적어도 30분 정도는 미적거리게 된다. 하루 공부를 끝내면서 5분만 시간을 내서 정리하자. 그러면 정말 놀랄 만한 경험을 하게 될 것이다.

앞의 내용을 읽으면서 새롭게 느낀 점 또는 바꿔야 할 습관을 찾아냈다면 어떤 것이 있을까요?

그것을 세 가지만 써보세요.

〈바꿔야 할 나의 습관, 나의 방〉

하나 _____

둘 _____

셋 _____

집중력, 이렇게 늘려보자

심한 정신과 환자가 아닌 한 여러분은 누구나 집중력이 있다

　나는 집중력을 키우고 싶다는 사람에게 두 가지를 제안한다. 첫째, 집중력이 없다고 절대로 말하지 말 것. 대신 집중을 하지 않았다고 말할 것. 둘째, 집중력을 최대한 발휘할 수 있는 나름대로의 방법을 찾을 것. '집중', 그것은 자기 하기 나름이다.

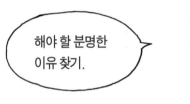

해야 할 분명한 이유 찾기.

　'지겨워', '해서 뭐해?'라는 생각이 머릿속에 가득 차 있는 한 집중이 될 리가 없다. 뭔가 집중해서 해야 된다고 생각하면 먼저 해야 할 분명한 이유를 찾아야 한다. 마지못해 해야 한다고 생각하지 말자. 공부할 이유가 없다면 억지로라도 만들어보자. 고도의 집중력을 유지하는 사람들의 공통점은 하는 일에 대한 흥미와 호기심을 자극하는 동기 유발 전략들을 갖고 있다는 점이다.

주의를 흩뜨리는 원인을 찾아 제거하기.

정해진 시간 동안 공부에 몰두하려면 먼저 주의를 산만하게 하는 자극들을 제거해야 한다. 예를 들어, 공부할 과목과 관련되지 않은 물건들은 모두 책상에서 치운다. 음악과 휴대전화를 끄고 전화기 코드도 뽑는다.

창 밖 풍경이 시선을 유혹한다면 커튼을 치고 책만 조명할 수 있는 스탠드를 켠다.

처음에는 '5분 전략' 으로 시작하자.

집중이 안 되면, 처음에는 '단 5분만' 총력을 기울여 몰입하고 5분이 지나면 쉬자. 시작하기도 전에 주의가 산만해지는 것은 집중해야 되는 시간에 부담을 느끼기 때문이다. 공부도 안 되는데 책상 앞에서 머리를 싸매고 1시간 동안 앉아 있는 것보다 5분이라도 몰두하는 편이 더 낫다. 짧은 시간 동안 몰두하는 습관을 들이면 점차 더 오랫동안 그리고 더 몰두해서 공부할 수 있다. 한 번에 너무 욕심을 부리지 말고 작은 시간 단위로 쪼개서 공부를 해보자.

한 시간에 한 번은 쉬면서 공부하기.

집중할 수 있는 시간이 사람마다 다르긴 하지만 대부분의 사람들은 평균 60분이 지나면 주의가 산만해진다. 이 같은 생체 리듬 때문에 대부분의 학교 수업도 50~60분 단위로 짜여 있다. 50분 정도 지나면 자리에서 일어나 잠깐 음료수를 마시든지, 산보를 하든지, 눈을 감고 명상을 하든지, 음악을 듣든지, 아니면 의자를 붙들고 스트레칭을 해서 긴장을 풀어주자. 벽에 까만 점을 하나 찍어 놓고 아무 생각 없이 5분만 집중해서 바라보자. 피로도 풀리고 집중력도 향상될 것이다.

집중력이 떨어지면 다른 일을 하자.

어떤 과목을 공부하다가 주의가 산만해지면 다른 일을 하든지 잠시 쉬었다가 다른 과목을 공부하자. 나는 지금도 공부를 하다가 지겨워지거나 산만해지면 곧바로 자리에서 일어난다. 그리고 책을 정리하거나 이메일 답장을 쓰거나 청소를 한다. 그런 다음 하던 일을 계속 하거나 다른 공부를 하면 다시 주의를 집중할 수 있다.

머리 아플 땐 이게 최고야!

뿅뿅-

벌써 세 시간째야!

밥줘!

JUST DO IT! 집중력을 높이는 세 가지 방법

지금까지 집중력을 향상시키는 법을 공부했어요.

집중력을 키우기 위해 여러분이 앞으로 시도해볼 일을 세 가지만 적어보세요.

〈집중력을 높이기 위해 나는,〉

하나 _____

둘 _____

셋 _____

사람의 눈은 얼굴 전면에 붙어 있지만 말의 눈은 얼굴의 양 옆에 달려 있어 시야가 350도나 된다. 따라서 옆에서 뛰는 말뿐만 아니라 뒤에서 접근하는 말도 쉽게 볼 수 있다. 말은 큰 체구에 비해 겁이 많은 동물이며 낯선 대상에 대한 공포심이 많다. 경주할 때 다른 말이 뒤나 옆에서 따라붙으면 주의가 산만해지고 놀라서 한쪽으로 비키려는 말들이 많다. 이 때문에 말에게 차안대遮眼帶라는 가면을 씌워 뒤와 옆쪽의 시야를 차단해서 전방만 집중하게 한다. 또한 다른 말들의 소리나 관중들의 함성에 예민하게 반응하는 말들에게는 귀가면을 씌운다. 말에게 차안대를 씌우면 시야가 100도에서 180도 정도로 좁혀져서 뒤따라오는 다른 말들에게 신경 쓰지 않고 앞만 보고 질주해 최고의 기량을 발휘할 수 있다. 공부할 때 특히 주의가 산만해진다면 스스로 경주마라고 생각하고 스티로폼으로 차안대를 설치하고 헤드폰으로 귀가면을 써서 목표를 향해 달려보면 어떨까?

122

5

싫다고 생각하면 싫은 일이 일어난다

―선생님이 싫으면 그 과목도 싫어진다

인간은 사물에 의해서가 아니라,
사물에 대한 생각 때문에 괴로움을 겪는다.

- 에픽테투스

꺅!

꺄악!

우성아!

팔에 사인해줘!

난 엉덩이~

후훗. 내 카페에
회원 수만 해도
장난이 아니쥐~

게다가 공부도 몇몇 과목을 빼놓고 모두 상위권.

난 완벽 그 자체야.

이 녀석 똑바로 못 들어!

내가 제일 싫어하는 선생님이다!

어려운 문제는 매일 나만 시킨다.

반장이라는 녀석이 이런 쉬운 문제 하나 못 풀다니…

흥

샌드위치 가져왔어.

너 급식 안 하니?

오늘만 가져왔어. 입맛이 없어서.

아까 힘들었지? 과학 선생님 때문에.

뭐, 늘 있는 일인걸!

다 이 멋진 외모 때문이지 뭐…

물론
내가 예쁘긴
하지만.

나도
그 선생님 싫어.
느끼해서…

…

넌 과학 성적이
그래도 상위권이잖아.
난 늘 평균
미달이지만.

그야 과목이
재미있으니까.

나도 1학년 때까지는
꽤 흥미를 느꼈는데
2학년 올라와서
성적이 뚝 떨어졌어.

하긴 좋아질
리가 없지.

왜?

당연하잖아. 과학 선생님이 날 못 살게 구니까. 공부하고픈 생각이 안 드는걸.

그 시간만 되면 겁부터 난다니까.

자 - 우유도 마셔.

내가 볼 땐 잘 모르겠던데… 늘 그런 건 아니잖아.

아니긴, 그럼 내가 왜 이런 얘길 하겠어.

학원에서 그 과목만 더 공부하면 좋아지겠지 뭐.

잘 먹었다. 이만 내려가자.

…

130

같이 공부하자구?

응. 성적이 부진한 과목만 예습 복습 하면 나아질 거야.

성적이 나아지면 선생님도 너를 대하는 게 달라질 거야.

음. 하긴 어려운 문제를 내도 정답을 맞히면 해결되니까.

빙고.

탁

낙찰이야. 그럼 오늘부터 시작하자구.

오… 오늘부터?

그래. 쇠뿔도 단김에 빼랬다구. 늦추면 뭐해?

133

개인 교습을 받거나 학원에 꼬박꼬박 나가고 딴에는 열심히 한다고 하는 학생들 중에서도 성적이 오르지 않는다고 호소하는 경우가 많다. 이들은 대부분 학교 수업의 중요성을 제대로 모르거나 혹은 수업시간을 효과적으로 활용하는 능력이 부족한 학생들이다.

이는 모두 학교수업이 얼마나 중요한지, 그리고 그것을 어떻게 하면 효과적으로 사용할 수 있는지를 모르기 때문이다.

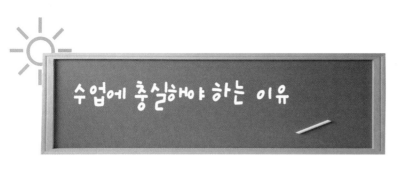

수업에 충실해야 하는 이유

2000년 대입 수능시험에서 만점을 받은 학생은 모두 60명이었다. 모 학습지 회사에서 이들의 공부법에 관해 인터뷰를 한 결과 이들은 한결같이 수업에 충실했다고 말했다. 그냥 해본 소리일까? 그건 아니다. 여러분 주변에서 성적이 뛰어난 학생들의 태도를 살펴보면 그것이 그냥 해본 말이 아님을 알 것이다.

왜 학교 수업을 충실히 듣는 것이 중요할까요?

첫째, 하루 중 가장 많은 시간을 수업으로 보내는 만큼 수업시간을 어떻게 활용하느냐가 학업의 성패를 좌우한다. 수업은 새로운 것을 배우고, 노트를 정리하고, 외우고, 시험문제를 예상해보는 등 많은 학습활동을 포함하고 있다. 어차피 학교를 다녀야 하고 교실에 들어가야 한다면 그 시간을 최대한 자기 것으로 만드는 지혜가 필요하다.

놀든 공부하든 어차피 보내는 시간이라면

좀더 알차게.

둘째, 수업은 하루의 가장 많은 시간을 차지하고 있기 때문에 평소 수업에 임하는 태도는 교실 밖에까지 파급효과가 있다. 자기 발로 걸어 들어와 참여하는 수업을 지겹다고 툴툴거리면서 졸거나 장난을 치며 보낸다면 나머지 시간 역시 그렇게 보낼 가능성이 높다. 이것을 심리학에서는 일관성의 원리Consistency Principle라고 한다.

셋째, 아무리 재미없게 가르치고, 잘 가르치지 못하더라도 교사는 담당과목의 전문가다. 그뿐 아니라 교사는 시험문제를 내는 출제자다. 자기가 강조해서 가르친 내용을 문제로 내는 것이 출제자의 심리다. 내신성적은 담당 교사의 평가방법과 기준에 따라 달라지기 때문에 내신성적을 올리기 위해서라도 수업에 열중해야 한다.

넷째, 이미 알고 있는 내용이라 생각해 수업을 소홀히 하는 학생들이 있는데 이는 잘못된 생각이다. 상위권 학생들은 수업시간을 자신이 공부한 것을 확인하는 과정 또는 복습하고 확실히 암기하는 과정으로 생각한다. 수업을 새로 배우는 과정이라고 생각하는 학생은 결코 상위권에 진입하지 못한다.

수업, 이런 자세로 들어보자

어떤 사람들은 해야 할 일을 앞에 두고 습관적으로 툴툴거린다.

그들은 모두 실패를 향해 가는 자들이다.
반면 이런 사람도 있다.

이는 성공하는 사람들의 마음의 소리다. 학교 수업에 대한 태도도 마찬가지다. 그럼, 효과적으로 공부를 하기 위해서 수업에 어떤 자세로 임해야 하는지 살펴보자.

수업에 들어가기 전에는 먼저 공부할 내용에 대한 질문들을 만들어야 한다. "무엇을 배울까?" "어떤 것이 가장 중요할까?" "왜 그럴까?" "어디에 적용할 수 있을까?"

등의 의문을 가지고 들어가면 당연히 수업에 열중하게 된다. 그리고 수업이 끝날 때 "아하! 그렇구나!"라는 느낌표를 갖고 교실을 나서면 수업이 한결 재미있어진다.

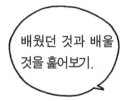

배웠던 것과 배울 것을 훑어보기.

수업에 들어가기 전에는 반드시 전 시간에 배웠던 내용과 그날 배울 내용을 대충이라도 훑어보아야 한다. 간단하게라도 복습과 예습을 하면 선생님의 설명을 이해하기가 쉽다. 특히 미리 예습을 하면 예습 내용 중 어려운 부분을 집중해서 들을 수 있다. 대부분의 교과 과정은 일련의 체계에 따라 전개되기 때문에 복습과 예습은 전체 내용을 미리 짐작할 수 있게 해주고 수업을 자기 것으로 소화하기 쉽게 해준다.

수업이 끝나면 잠시 배운 것을 생각해보기.

많은 학생들은 수업이 끝나자마자 자리를 박차고 일어난다. 어떤 학생들은 "마지막으로…" 또는 "오늘은 여기까지…"라는 말만 나와도 책장을 덮고 튀어나갈 준비부터 한다. 수업이 끝나면 잠시 엉덩이를 의자에 붙여두자. 그리고 수업 내용 중 중요한 것을 머릿속에 떠올려보고 정리했던 노트를 훑어보자. 여기에 들어가는 2~3분은 나중에 2~3시간 공부한 효과 못지않을 것이다. 인간의 기억력은 20분만 지나도 40%는 망각한다는 사실을 잊지 말자.

미리부터 지겨울 거라고 생각하지 말자

선생님이 잘 가르치지 못한다고, 재미가 없다고 생각하지 말자. 여태까지 그래 왔다고? 그러나 수업 준비를 충분히 했다면 그런 생각이 들지 않을 것이다. 선생님이 수업을 재미없게 한다면 그것을 성격 탓으로 돌리자. 그리고 그런 사람이 되지 않기 위해 나는 어떻게 할 것인지를 생각해보자. 단지 선생님에게서 배울 것만 취하면 된다.

그냥 듣기만 하면 오래 집중할 수 없다

그 이유 중 하나는 제한된 시간 내에 말을 할 수 있는 양과 들을 수 있는 양에 차이가 있기 때문이다. 보통 말할 때 사용되는 단어는 1분당 150개 정도다. 그러나 들을 수 있는 단어는 1분당 600개 정도다. 그래서 남의 얘기를 들을 때는 시간이 남게 되고, 남아도는 시간에 딴 생각을 한다. 이렇게 주의가 산만해지는 것을 방지하는 가장 효과적인 방법은 선생님과 시선을 맞추고 노트 정리를 충실하게 하는 것이다.

질문을 준비하고
선생님과 친해지기.

가장 확실하게 기억하려면 질문을 하자

자기가 질문해서 알아낸 답은 쉽게 잊어버릴 수 없다. 이해가 되지 않거나 해결할 수 없는 내용은 선생님에게 질문하자. 쑥스럽다고? 혼날 것 같다고? 대부분의 선생님들은 자기가 가르치는 것에 관심을 갖고 질문하는 학생을 좋아한다. 왜냐면 싫은 사람에게는 말도 붙이기 싫은 게 사람의 심리라는 것을 아니까. 그래도 쑥스럽다면 수업이 끝난 후 선생님을 따라가서, 아니면 이메일을 이용하여 간간이 질문하자. 공부도 하고 선생님과도 친해질 수 있을 것이다. 친해지면 그만큼 그 과목을 열심히 공부하게 된다.

억양의 변화나
반복된 말에 주의를
기울이기.

사람들은 보통 자신이 중요하게 여기는 부분을 말할 때 크게 말하거나 혹은 주의를 끌기 위해 갑자기 목소리를 낮추어 말하는 경향이 있다. 선생님들은 반드시 외워두어야 할 내용, 꼭 알아둘 중요한 개념에 동그라미 같은 표시를 해서 학생들에게 신호를 보낸다. 과목별로 선생님들이 보내는 독특한 신호들을 사전에 파악해두는 것도 수업을 지혜롭게 듣는 한 가지 방법이다.

선생님이 싫어도 그 과목은 싫어하지 말자

선생님이 마음에 들지 않으면 그 선생님이 담당하는 과목조차 싫어진다. 또 좋아하는 선생님이 생기면 그 선생님이 가르치는 과목도 함께 좋아져서 더욱더 열심히 하게 된다. 이것은 아주 당연한 일이며, 그것이 사람의 마음이다.

선생님이 싫다고 과목도 싫어하면 자신만 손해다.

"죄는 미워해도 인간은 결코 미워하지 마라."

성경의 이 말은 잘못된 행위를 미워하되 그 행위를 한 사람 자체를 미워해서는 안 된다는 뜻이다. 이 말을 "선생님의 태도나 가르치는 방식은 싫어하되, 그 선생님을 싫어하지는 마라."는 말로 바꿔보면 어떨까?

싫은 선생님이 있다면 그의 태도나 행동을 싫어하는 것은 좋다. 그러나 그 선생님을 미워하지는 말자. 그것이 힘들다면 적어도 그 과목만은 싫어하지 마라. 왜? 싫어하는 사람만 손해니까!

우리를 가르치는 모든 선생님들이 예수나 부처처럼 너그럽고, 개그맨보다 더 재미있다면 행복할 것이다. 그러나 그런 경우는 별로 없다. 어려운 가정에서 태어났다고 모두 불행하게 사는 것도 아니고, 날씨가 나쁘다고 해서 모두 불쾌하게 생각하는 것도 아니다. 선생님에 대한 감정 때문에 그 과목에 대한 여러분의 선호 정도가 달라진다는 것은 날씨에 따라 기분이 좌우되는 것과 같다.

사람은 행복하기로 마음먹은 만큼 행복하다

세상에는 두 종류의 사람들이 있다. "다른 사람을 탓하며 행운이 주어지기를 바라는 사람" 그리고 "자기의 인생에 책임을 지며 행운을 스스로 만들어가는 사람".

우리는 개에게 종소리를 들려주면서 침을 흘리게 만들 수도 있으며 종소리를 듣고 무서워하도록 훈련시킬 수도 있다. 동물들의 행동은 자극에 따라 달라지기 때문이다. 동물은 인간에 의해 훈련될 수는 있지만 자기 스스로 훈련할 수는 없다. 우리가 동물처럼 자극에 따라 반응하는 삶을 산다면 우리 역시 개에 불과하다. 파블로프가 되고 싶은가? 아니면 파블로프의 개가 되고 싶은가?

선생님이 싫으면 그 과목에 흥미를 잃는 것이 당연하다고? 그렇다면 여러분은 파블로프의 개와 다른 점이 없다. 목표에 따라 스스로의 반응을 선택하자. 그래서 선생님이 싫든 좋든 필요에 따라 공부하자. 우리는 맑은 날씨를 선택할 수는 없다. 그러나 비가 올 때 우산을 쓸지 말지는 선택할 수 있다.

인간의 위대한 점은 자극과 반응 사이에서 선택할 수 있는 자유를 갖고 있다는 것입니다.
-빅터 프랭클

여러분의 삶을 환경이나 다른 사람들에게 맡기고 싶지 않다면 단지 선생님이 밉다는 핑계로 그 과목을 소홀히 하는 것을 정당화해서는 안 된다.

사람이 얼마나 행복한가는 그의 '감사함' 의 깊이에 달려 있다.　　　　　　　　　－존 밀러

싫은 선생님도 내 편으로 만든다

살다 보면 추운 날도 있고 더운 날도 있다. 비가 오기도 하고 눈이 오기도 한다. 호감 가는 사람도 만나지만 마음에 들지 않는 사람도 만난다. 그것이 인생이다.

현명한 사람들은 자기 입장에서만 세상을 바라보지 않는다. 마음에 들지 않는 선생님과 좋은 관계를 가지려고 노력하는 것은 결코 선생님을 위한 것이 아니다. 우리가 싫은 사람과 친해질 수 있는 능력을 갖춘다면 그것은 우리가 무엇을 하든 훌륭한 정신적 자산이 될 것이다. 마음에 들지 않는 선생님에게 배워야 할 때는 다음의 몇 가지를 고려하자.

선생님들이 모두 천사표가 될 수 없음을 인정하기.

여러분은 부모에게 최고의 아들딸이며 가장 모범적인 학생인가? 그리고 누구나 좋아하는 친구인가? 우리 자신이 전천후 천사가 아니듯 선생님들도 나름대로 인간적인 한계와 문제를 가지고 있다. 싫은 선생님이 있으면 우선 그분도 인간임을 인정하자.

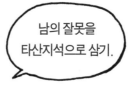

남의 잘못을
타산지석으로 삼기.

'타산지석'이란 남의 산에 있는 거친 돌이라도 옥玉을 가는 데에 소용이 있다는 뜻으로, 쓸모 없는 것이라도 쓰기에 따라 유용한 것이 될 수 있음을 비유한 말이다. 선생님이 싫다면 그런 사람이 되지 않기 위해 어떤 노력을 해야 하는지 생각하자.

싫을수록
내 편으로
만들기.

싫어하는 사람이 있으면 그가 하는 짓마다 미워 보인다. 그래서 이쪽에서도 밉게 행동한다. 그게 보통 사람들의 반응이다. 하지만 현명한 사람들은 싫은 사람을 자기 편으로 만들 줄 안다. 상대방의 입장에서 생각하자. 그리고 상대방이 좋아하게 행동하자. 결코 아부하라는 말이 아니다. 그 과목을 더 열심히 하고 말 한 마디라도 더 공손하게 하자. 그러면 우리에게 좋은 일들이 일어난다.

예습, 이렇게 해보자

효과적인
예습 복습법.

중요 체크.

　　성공적인 사업가들은 새로운 사업을 시작할 때 반드시 결과를 미리 예상한다. 그리고 그것을 기록해두었다가 실제 결과와 비교해본다. 그렇게 하면 무엇을 잘했는지, 무엇을 못했는지를 신속하게 알 수 있다. 또한 자신이 무엇을 보충해야 하고 어떤 습관을 바꿔야 하는지를 알 수 있다. 자신이 아는 것과 모르는 것, 단점과 장점이 무엇인지를 파악하는 것이 사업 성패의 관건이다.

나를 알고 적을
알면 백전백승!

손자병법에도
나와 있는 말이죠.

　　마찬가지로 예습을 통해 자신이 알고 있는 것과 모르고 있는 것, 공부 방법의 장점과 단점, 잘하는 것과 못하는 것이 무엇인지 아는 것은 공부를 잘하기 위해 반드시 필요하다. 게다가 예습을 하고 난 뒤 수업을 들으면 이해와 암기가 잘 되기 때문에 그만큼 시간을 벌게 된다. 따라서 성적을 올리면서도 놀 수 있는 시간이 늘어난다.

사람은 자기가 알고 있거나, 알려고 했지만 잘 모르는 것을 배울 때 주의를 기울이고 호기심이 발동된다. 그래서 예습을 하면 수업 중에 더 열심히 들을 수 있다. 그뿐 아니라 기억력을 증진시켜준다는 것도 예습의 매력이다.

그렇다면 예습이 부담스럽지 않고 몸에 배게 하려면 어떻게 해야 할까? 그에 대한 답은 자전거 타는 법을 배우려는 아이들에게 해줄 수 있는 대답과 같다. "일단 시도하라."는 것이다.

생산적인 어떤 행동을 습관적으로 하게 되기까지는 일반적으로 네 가지 단계를 거친다. 이를 설명하기 전에 자전거를 처음 탔던 때를 생각해보자.

어떤 학습이건 첫 번째 단계는 '필요성을 의식하지 못하는 단계'에서 출발한다. 예습을 시도해보지도 않는 단계다. 이 단계에서는 예습을 할 수 없을 뿐 아니라, 예습의 필요성조차 의식하지 못한다. 말하자면 자전거를 타야 할 필요성조차 못 느끼는 단계.

두 번째는 예습을 시도해보는 단계다.

처음에는 예습을 하는 것 자체가 어렵고 어색하다. '의식하는 무능력' 단계다. 예습을 하기 위해서는 많은 노력이 필요하다. 자전거로 치면 잘 타려고 노력해도 자꾸만 넘어지는 단계에 해당한다.

세 번째는 어느 정도 예습은 하지만 여전히 의식적인 노력이 상당히 요구되는 단계, 즉 '의식하는 능력' 단계다. 자전거 타기가 어느 정도 익숙해졌지만 방심하면 넘어지거나 옆길로 가게 되는 단계에 해당한다.

마지막으로 네 번째는 일부러 하려고 노력하지 않고도 습관적으로 예습을 하게 되는 '무의식적 능력' 단계다. 이는 끈기 있는 노력을 통해 가능하다. 의식적인 노력이 전혀 없이도 자전거를 탈 수 있는 단계에 해당한다.

시도하는 데
의미를 부여하기.

아직 그런 단계가 아니라면 다음과 같은 요령으로 예습을 해보자. 처음에는 무리하게 완벽해지려고 하지 않는 게 중요하다. 성과에 너무 연연하지 말아야 한다. 수업에 들어가기 전에 제목이나 소제목, 그림이나 도표 등을 훑어보면서 주요 개념만 알아두는 것도 예습이다. 예습과 친해지기 위해서는 처음부터 진을 빼서는 안 된다. 너무 힘들고 고달픈 것은 하기 싫은 게 사람의 심리니까.

아는 것과 모르는
것이 무엇인지
파악하기.

대충 훑어보면서 자신이 알고 있는 것이 무엇인지, 모르고 있는 것이 무엇인지를 파악해보자. 수학 문제를 풀 때면 어디에서 막히는지 확인해두자. 영어 문장을 예습할 때는 해석이 되는 부분과 안 되는 부분이 무엇인지 찾아보자. 아는 것이 전혀 없다고? 그래도 좋다. 그것만으로도 수업의 집중도는 높아진다.

교재에서 이해하기 어려운 점이나 의문나는 점, 문제를 풀다가 막히는 점을 표시해 두거나 메모를 해놓자. 그리고 한두 개의 질문을 만들어서 수업 중에 질문을 하든지 참고 서적을 보고 보충하자. 그러면 예습을 하지 않았을 때에 비해 학습 성과가 판이하게 달라질 것이다.

지난 수업시간에 공부한 내용을 대강 검토하면서 새로 공부할 것이 무엇인지 추측해보자. 만약 영어 예습을 한다면 모르는 단어를 모두 사전에서 찾아서 해석하려고 하지 말고, 아는 단어만으로 전체적인 내용을 추측해보자. 틀려도 상관없다. 왜 그럴까? 단지 추측만 해봐도 수업을 들으면서 추측했던 내용 중에 어떤 것이 틀렸는지를 알 수 있어 이해와 기억을 증진시키기 때문이다.

효과적인 복습,
이렇게 하면 된다

어느 낙제생의 고백.

제 친구 지혜는 그렇게 열심히 하는 것 같지 않은데도 성적이 좋아요.

피땀 흘려 공부해도 성적이 안 오르는 학생이 있다. 반면 별로 열심히 하는 것 같지 않은데도 성적이 좋은 학생들이 있다. 그들의 차이점은 공부 방법에 있으며, 특히 복습을 효과적으로 한다는 게 다르다.

공부한 직후에 복습하는 것을 습관화하기.

독일의 심리학자 에빙하우스의 연구 결과에 따르면 사람은 학습한 후 20분만 지나면 50% 가까이 망각한다고 한다. 따라서 첫 번째 복습은 공부한 직후에 해야 한다. 그럴 만한 시간이 없다고? 그것은 복습을 너무 완벽하게 해야 한다고 생각하기 때문이다. 정리된 노트나 책을 단지 몇 분 동안만 훑어보아도 우리는 뇌에 기억의 흔적을 남길 수 있다. 늦어도 하루가 지나기 전에 공부한 내용을 대충이라도 훑어보는 습관을 들여야 한다. 그러면 훨씬 경제적으로 공부할 수 있을 것이다.

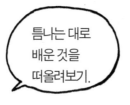

틈나는 대로 배운 것을 떠올려보기.

좋아하는 노래를 배우기 위해서 우리가 사용하는 방법 중 하나는 틈날 때마다 그 노래의 가사와 멜로디를 떠올리면서 불러보는 것이다. 그러면 어떤 소절의 가사가 생각이 안 나고 어떤 멜로디에서 막히는지 알게 될 것이다. 나중에 가수가 부르는 노래를 다시 들어보면 틀린 부분을 확실하게 바로잡을 수 있다.

공부도 마찬가지다. 버스 속에서, 화장실에서 또는 식사하면서 틈이 나는 대로 공부했던 내용을 떠올려본다면 여러분은 훨씬 적게 공부하면서 더 좋은 성적을 받을 수 있다. 따로 시간을 할애해서 복습을 해야 한다고 생각하지 말고 자투리 시간을 효과적으로 이용하자.

어떤 식으로든 흔적을 남기기.

개들이 낯선 길을 갈 때 보이는 행동이 있다. 길목 곳곳에 오줌을 누는 것이다. 왜 그럴까? 되돌아갈 때 길을 찾기 위한 흔적을 남기는 것이다. 공부도 어찌 보면 낯선 길을 가는 것과 같다.

공부했던 내용을 돌이켜보며 빠진 것과 틀린 것을 확인하고 보충하면서 색연필이나 형광펜 혹은 자기만의 기호를 사용하여 강한 흔적을 남겨 놓자. 그러면 공부한 내용이 머리에 더욱 뚜렷하게 각인될 것이다. 복습 노트를 따로 만드는 것도 흔적을 강하게 남기는 한 가지 방법이다.

배운 내용을 기계적으로 암기하지 말자

기계적인 암기보다는 배웠던 내용으로 시험 문제를 내보고 나름대로 답을 찾아보자. 그러면 기억의 흔적도 뚜렷해질 뿐 아니라 배운 내용과 관련된 응용 문제를 풀 때 유리하다.

공부한 내용에 대해 문제를 만들어보면 답을 찾기 위해 뇌의 여러 신경회로들이 서로 정보를 주고받기 때문에 창의성도 증진된다.

'정말 지겨워!' '이런 것을 꼭 해야 하나?' 라는 생각을 갖고 복습을 한다면 뇌에 흔적이 남지 않는다.

여러 사람을 소개받았는데 그 중 유별나게 한 사람의 이름이 기억에 남았던 경험이 있을 것이다. 어떤 사람들인가? 유별난 사람이거나 여러분이 아주 좋아하는 유형의 사람일 것이다.

의미를 부여하면 쏙쏙 기억된다

좋아하는 것은 기억하기 쉽고 싫은 것은 기억하기가 힘들다. 이것이 사람의 대뇌가 컴퓨터와 다른 점이다. 공부한 것에 대해 어떤 식으로든 의미를 부여하자. 그러면 좋아하게 될 것이고 그래야 기억도 잘 된다.

모든 것은 쉬워지기 전에는 어렵다.　　　　　　　　　　　　　　　　　　　　　　　—괴테

6

방법을 찾아내면 공부가 즐겁다

—공부에도 기술이 필요하다

당신이 단 하나의 생각을 가지고 있을 때가 가장 위험하다.
—에밀 오거스트 샤르티에

옥림아!

공부 많이 했니?

혜림아!
깜짝 놀랐잖아.

무슨 고민 있니?
얼굴이
울상이네.

음료수
마실래?

?

200ml

159

나도 늘 중간인걸?

그게 아니라 공부 양을 말하는 거야. 혜림이, 너에 비해서 난 노력파 라고 자부할 수 있어.

미안한 얘기지만 넌 늘 놀다시피 하는데 성적은 나와 비슷하잖아.

그런데 난 중간 점수 라도 유지하려면 밤 잠 못 자면서 공부해 야 한단 말이야.

너, 뭔가 오해하고 있구나? 내가 늘 논다고 생각하니? 그렇다면 오늘 도서관에 뭐 하러 왔겠어.

나도 할 땐 한다구.

TIP!

* 벼락치기는 벼락같이 사라진다

내신성적은 어느 정도 양호해도, 수능 결과는 형편없는 학생들이 있다. 그들의 특징 중 하나는 벼락치기에 의존한다는 것이다. 심리학자 엡스타인은 한 집단에게는 여러 번 쉬면서 공부하게 했고, 한 집단에게는 휴식 없이 한 번에 몰아서 하게 했다. 학습이 끝난 직후에 시험을 보건, 15일이 지난 후에 시험을 보건 여러 번 나누어서 공부했던 집단이 훨씬 더 높은 점수를 받았다. 그 이유는 다음과 같다.

- 공부한 내용을 주기적으로 되새김으로써 기억의 흔적이 확실해진다.
- 공부할 시간을 짧게 잡기 때문에 지루함을 적게 느끼고 동기와 의욕은 오히려 커진다.
- 간간이 휴식을 취함으로써 피로를 풀 수 있어서 학습 능률이 높아진다.
- 비슷한 내용을 시간을 두고 공부하면 전에 했던 내용들과 연관성을 찾게 되어 체계적으로 정리된다.

효과적인 기억 = 조직적인 학습

TIP!

바우어라는 심리학자는 학생들을 두 집단으로 나누어 기억할 내용(예 컨대 여러 가지 광물 이름)을 제시한 후 회상 정도를 비교하는 실험을 했다. 한 집단에게는 아무렇게나 뒤섞어서 무선적으로 제시했고, 다른 집단에 게는 위계적인 구조로 배열해서 제시했다. 그 결과 아래 그림처럼 조직화 된 방식으로 제시된 내용을 학습했던 학생들은 시간이 지난 다음 65%를 정확하게 회상해냈다. 그러나 아무렇게나 제시된 내용을 학습했던 학생 들은 불과 19%밖에 회상해내지 못했다.

이러한 연구 결과가 시사하는 것은 효과적인 공부 방법은 학습한 내용을 얼마나 잘 조직화하느냐에 달려 있다는 사실이다.

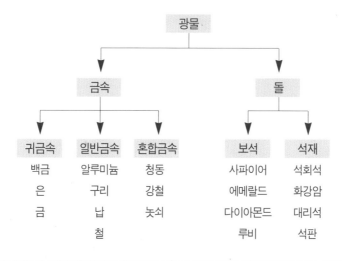

TIP! *나만의 공부 비결을 만들자

밤을 새워 공부해도 성적이 안 올라요.

여러 번 읽어도 기억이 안 돼요.

공부를 열심히 해도 막상 시험을 볼 때는 생각이 안 나요.

이렇게 하소연하는 학생들이 많다. 이들은 대개 "머리가 나쁜가 봐요."라고 하면서 그 이유를 IQ 탓으로 돌린다. 구형 컴퓨터를 가지고 훌륭한 논문을 쓰는 사람이 있는가 하면 최신형 컴퓨터를 갖고 있으면서 하는 일이라고는 게임이나 문서 작성밖에 못하는 사람도 있다. IQ 자체가 중요한 게 아니다. 그것을 사용하는 방법이 중요하다.

거의 모든 공부는 책을 읽는 것부터 시작한다. 따라서 공부를 잘하려면 당연히 효과적인 책 읽기 방법을 가지고 있어야 한다. 다음에 소개한 PQ3R 기법은 로빈슨이라는 심리학자가 개발한 것으로 읽기에 관한 한 가장 효과적인 방법으로 검증된 것이다.

이 기법에 대해 살펴보기 전에 할 일이 있다. 먼저 다음에 제시되는 소제목만을 읽자. 그리고 이 책에서 주장하고자 하는 바에 대한 대체적인 윤곽만을 추측하자. 그리고 그것들이 무슨 의미를 갖고 있는지, 왜 중요한지 등에 대한 나름대로의 질문을 만들어라. 그리고 그것이 끝나면 읽기 시작하자.

P(Preview) : 대충 훑어보고 윤곽을 파악한다

낯선 곳으로 여행을 가거나 산을 오를 때 길을 잃지 않기 위해서는 반드시 먼저 지도를 펴 놓고 코스를 살펴보아야 한다. 길눈이 밝은 운전자들에게는 공통점이 있다. 그들은 시동을 걸기 전에 반드시 지도를 보고 전체적인 코스를 파악한다. 그래야 시간도 적게 걸리고 길도 잃지 않으며 나중에 지나온 거리를 기억하기도 쉽다.

책을 읽는 것도 마찬가지다. 책을 제대로 읽기 위해서는 사전검토부터 해야 한다. 미리 전체적인 줄거리를 대충 훑어보고 윤곽을 잡는 것이다. 그런데 많은 사람들이 책을 들면 첫쪽 좌측 상단부터 읽어 나가기 시작한다. 이는 마치 낯선 길을 여행하면서 무작정 출발부터 하는 것과 같다.

요약 부분이 있다면 그것부터 읽어야 한다. 그리고 공부할 내용의 제목이나 소제목을 살펴보고 공부할 내용의 윤곽을 파악해야 한다. 제목이나 하위 제목들의 관계를 살피면서 어떤 내용들이 전개될지 사전에 짐작해보자. 너무 철저하게 하려고 애쓰지 말고 전체적인 윤곽을 잡아보는 것이 부담이 없다.

Q(Question) : 의문을 제기한다

　책을 꼼꼼하게 읽기 전에 또 하나 필요한 것은 질문 단계다. 질문이란 전체적인 윤곽을 파악하기 위해 제목이나 요약 또는 소제목들을 훑어보면서 책에서 설명할 것에 대해 미리 질문하는 것을 말한다. "무슨 의미지?" "왜 중요하지?" "전후 내용이 어떻게 연결되지?" 또는 "어떻게 적용할 수 있지?" 등의 의문을 제기하면서 글을 읽는 사람은 그렇지 않은 사람보다 책의 내용을 더 많이 그리고 더 오래 기억한다.

　공부에서든 일상생활에서든 기억한다는 것은 언제나 주어질 수 있는 질문에 대한 대답을 준비하는 것이다. 질문을 하면서 공부하면 지금 읽고 있는 내용을 좀더 의미 있게 만들고 배울 내용에 대한 호기심을 자극하기 때문에 이해와 기억력을 높여준다.

"질문은 답보다 중요하다."　　　　　　　　　　　　　　　－아인슈타인

모르는 사람끼리 처음 만나면 서로 자기 이름을 소개한다. 그런데 악수를 끝내기가 무섭게 상대방의 이름을 잊어버리기 쉽다. 이름을 잘 기억하는 사람들은 예컨대,

이와 같이 소개받자마자 상대의 이름과 관련하여 질문을 한다. 스스로 질문을 만들고 그 답을 찾으려 노력한다면 단순히 읽어보거나 기계적으로 외우는 것보다 훨씬 더 오래 기억할 수 있다. 책을 읽으면서 질문을 만드는 쉬운 방법이 있다. 소제목을 의문형으로 바꾸고 끝에 물음표를 붙여보는 것이다.

R(Read) : 정독하면서 의문에 대한 답을 찾는다

책 읽기의 세 번째 단계는 정독이다. 많은 학생들이 책을 읽는 것을 공부의 첫 단계라고 생각한다. 그러나 그것은 잘못된 생각이다. 책을 정독하는 것은 공부의 첫 단계도 마지막 단계도 아니며, 또한 항상 가장 중요한 단계라고 볼 수도 없다. 제대로 책을 읽으려면 앞서 제기된 문제들의 답을 찾는다는 생각으로 읽어야 한다. 공부를 하기 위해 책을 읽는 것은 무협지를 읽는 것과는 다르다. 적극적으로 읽기 위해서는 자신과 저자 또는 교사가 던질 수 있는 여러 가지 질문들에 대한 답을 찾는다는 생각으로 정신을 집중해서 읽어야 한다. 숨은 그림을 찾듯이 답을 찾으면서 읽어보자.

'정독' 단계에서는 이미 알고 있는 것들과 현재 읽고 있는 내용들 간의 관계를 파악하고 중요한 것과 그렇지 않은 것이 무엇인지를 구분하면서 읽자. 그리고 중요한 개념이나 내용이 나오면 형광펜으로 칠하거나 밑줄을 긋자. 이해가 안 가거나 중요한 것이 있으면 자기만의 기호를 사용해서 표시해두는 것이 좋다.

책에 있는 내용을 수동적으로 읽지 말고 전후 맥락을 살피고 다른 내용과 비교하고 비판해가면서 읽어야 기억에 오래 남는다.

R(Recite) : 간간이 돌이켜보고 암송한다

학습한 내용을 확실히 이해하고 기억하기 위해서는 주기적으로 책 읽기를 중단하고 지금까지 읽었던 내용을 암송해보아야 한다.

사전검토 단계에서 잡았던 윤곽을 중심으로 주제별 또는 단계별로 제기된 의문들에 대한 답을 정리해가면서 기억하는 것이다. 그리고 눈을 감거나 책을 덮고 지금까지 읽었던 내용을 암송해보자. 어느 정도 회상할 수 있는지, 무엇이 생각나고 무엇이 생각나지 않는지를 확인하자.

책을 모두 읽고 난 다음에 암기하려면 너무 늦다. 우리의 단기 기억용량은 극히 한 정되어 있어서 벌써 잊혀진 것도 많기 때문이다. 중요한 내용이나 표시해둔 내용이 무 엇인지 소리내서 말해보자.

R(Review) : 전체 내용을 재검토하고 암기한다

재검토란 마지막 단계이며, 재음미하는 단계다.

이것은 학생들이 시험을 보기 전에 그동안 배운 내용을 한꺼번에 검토하는 것과 같 다. 재검토는 일종의 개관이다. 첫 번째 단계인 사전검토가 책을 읽기 전의 개관이라 면 재검토는 공부했던 것을 전반적으로 살펴보는 것이다.

앞서 공부한 장이나 절의 제목을 훑어보면서 그 제목들이 무엇을 다루고 있으며, 서로 어떤 관련성을 가지고 있는지를 스스로 물어보고 대답해가면서 각 제목에 따른 내용을 되새겨보고 회상해보는 것이 효과적이다.

재검토할 때는 배운 내용을 다시 개관하고 나서 자신이 모르고 있거나 잊어버린 부분이 무엇인지를 찾아내는 것이 중요하다. 그리고 기억이 나지 않는 내용들을 집중적으로 암기해서 기억해둘 필요가 있다. 재검토할 때 기억나지 않는 것은 시험 볼 때나 혹은 훗날 기억을 해내려고 할 때 까맣게 잊어버릴 가능성이 그만큼 많기 때문이다.

모든 문제에는 각기 다른 여러 가지 해결책이 있다.   —잭 포스터

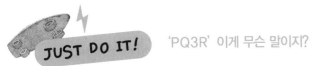 'PQ3R' 이게 무슨 말이지?

> PQ3R 기법을 배웠으니,
> 이것이 어떤 영어 단어들의
> 첫 글자를 따서 만든
> 이름인지 더듬어보세요.

> 아래에 단어와
> 그 의미를 간단하게
> 써볼까요?

P _____

Q _____

R _____

R _____

R _____

> PQ3R 기법을 읽으면서 나에게
> 가장 중요한 것 또는 실천해보고
> 싶은 것 세 가지만 적어보세요.

하나 _____

둘 _____

셋 _____

173

기록해야 기억한다

필기를 하지 않는 이유는 공부를 하고 싶은 동기가 부족하거나 필기해야 할 이유를 찾지 못했기 때문이다. 사람들은 자기가 좋아하거나 정말 자기에게 필요한 것이라고 생각하는 일은 누가 시키지 않아도 한다.

한눈에 반할 정도로 마음에 드는 사람의 전화번호는 누가 시키지 않아도 적어 놓는다. 잊어버리고 싶지 않으니까.

노트 필기도 마찬가지다. 공부가 하기 싫거나 필기의 필요성을 느끼지 못하는 학생들은 필기하는 것이 그냥 귀찮을 뿐이다. 그러나 공부하는 것을 좋아하거나 필기가 필요하다고 생각한다면 당연히 필기를 할 것이다. 왜? 배운 것을 더 오랫동안 기억하기 위해서다.

이런저런 핑계를 대면서 노트 정리를 하지 않는 학생들이 있다. 또 필기의 필요성을 느끼면서도 하지 않는 학생들도 있다. 노트 필기가 왜 중요한지 살펴보자.

　필기를 하지 않는 학생들은 필기를 하지 않고 듣기만 하면 수업에 더 열중할 수 있으리라고 생각한다. 그러나 실은 그 반대다. 노트 정리를 하지 않고 듣고만 있으면 그 순간에는 선생님의 말이 귀에 잘 들어오지만, 어지간히 흥미 있는 과목이 아니면 시간이 지나면서 어느새 주의가 산만해진다. 그러나 노트 정리를 하면 정확하게 기록하려는 생각 때문에 수업에 더 귀를 기울이게 된다. 따라서 필기는 수업 경청을 방해하는 것이 아니라 오히려 집중하게 도와준다.

　수업 중에 선생님이 말하는 단어는 대충 1분당 150개 단어 정도에 불과하지만 우리가 들을 수 있는 단어는 무려 6백 단어 정도다. 따라서 듣고만 있으면 시간이 남아돌며, 그 사이에 딴 생각이 들 수도 있다.

　그러나 필기를 하면 그 여분의 시간이 줄어든다. 따라서 수업을 열심히 듣고 싶고 더 오랫동안 기억하고 싶다면 반드시 필기를 해야 한다. 아무리 뛰어난 기억도 잉크만큼 오래가지는 못한다.

　필기를 해야 하는 또 다른 이유는 그렇게 함으로써 수업이나 책의 내용을 더욱 확실히 이해할 수 있다는 것이다. 필기하는 것은 공부할 내용을 그대로 복사하는 것이 아니라 자신의 언어로 바꿔 쓰는 작업이다.

자신의 언어로 바꿔 쓰기 위해서는 먼저 공부한 내용을 이해해야 하며, 이 과정에서 무엇을 알고 무엇을 모르는지를 자연스럽게 알게 된다. 따라서 수업을 듣거나 책을 읽으면서 필기를 하면 그것에 대한 이해가 깊어지고 생각이 뚜렷해진다.

기억 흔적이 뚜렷해지고 회상 단서들이 만들어진다

베토벤은 엄청난 양의 작곡 스케치북을 남겼다. 그렇지만 베토벤의 말에 따르면 실제 작곡을 할 때는 스케치북을 쳐다보지 않았다고 한다. 왜? 기록하는 것 자체가 기억을 확실하게 만들기 때문이다.

노트 필기 역시 마찬가지다. 필기를 하는 것 자체가 기억 흔적을 더 강하게 만들어준다. 복습할 때, 시험을 준비할 때 유용하게 사용된다.

수업시간에 노트 필기를 하지 않고 듣기만 한다면 수업 내용은 우리의 대뇌 중 청각피질에만 저장된다. 그러나 필기를 하면서 듣게 되면 청각정보뿐 아니라 자신이 쓴 글씨나 문장, 즉 시각정보가 대뇌 시각피질에 저장된다. 그뿐 아니라 글씨를 쓸 때는 근육운동이 수반되므로 이와 관련된 정보가 운동피질에 저장된다.

필기를 하면서 공부하면 뇌의 청각피질, 시각피질 및 운동피질 모두에 정보가 저장된다. 따라서 듣기만 하는 경우보다 3배나 많은 곳에 정보가 저장되어 당연히 회상 가능성도 높아진다. 이것은 마치 책상이나 응접실 탁자, 식탁 등 여기저기에 볼펜을 놓아두면 필요할 때 훨씬 손쉽게 찾아 쓸 수 있는 것과 마찬가지다.

기억력에는 한계가 있다

심리학 연구 결과에 의하면 사람들은 학습 후 20분이 지나면 50% 가량을 잊어버리고 이틀 후에는 70%를 잊어버린다. 따라서 수업 중에 들었던 내용을 정확하게 기록하지 않으면 아무리 머리가 좋은 학생이라도 그것을 모두 기억하기가 어렵다.

복습하거나 시험 준비할 때 노트 없이 책만 보고 공부를 하려면 어디서부터 손을 대야 할지 모르는 사태가 발생한다. 그래서 노트 정리를 제대로 하지 않은 학생들은 시험공부를 포기해 버리기도 한다. 그러나 핵심 내용이 잘 정리된 노트를 가지고 공부한다면 부담도 적고 이해하기도 쉽기 때문에 더 열심히 하게 된다.

또한 사람들은 자신이 공들여 한 일에는 더 애착을 갖게 마련이라서 노트 정리를 잘하면 공부 역시 열심히 할 수밖에 없다.

메모란 잊어버리지 않기 위해서 하는 것이 아니라, 기록하면 잊어버리지 않기 때문에 하는 것이다.

－사카토 켄지

 **JUST DO IT!** 필기가 공부에 도움이 되는 이유 찾아보기

지금까지 읽었던 내용을 토대로 노트 필기가 공부에 도움이 되는 이유를 세 가지만 적어보세요.

하나 ....

둘 ....

셋 ....

나는 사람들로부터 들은 모든 것을 기록했다. 그것으로 노벨문학상을 받았다.

－솔제니친

　　학생들을 가르치다 보면 어떤 학생들은 거의 노트 정리를 하지 않는다. 또 어떤 학생들은 본인도 알아보기 힘들게 노트를 정리한다. 그리고 나머지 일부 학생들은 남들이 봐도 한눈에 들어올 정도로 깔끔하고 체계적으로 정리한다. 아주 예외적인 경우를 빼고는, 맨 후자에 속하는 학생들의 성적이 가장 좋다.

보기 좋은 떡이 먹기도 좋다

　　어떤 학생들은 자기가 정리한 노트조차도 알아보기 힘들어 시험 때마다 친구들의 노트를 빌리느라 동분서주한다. 자기도 알아보기 힘들 뿐 아니라 봐야 별 도움이 되지 않기 때문이다. 매사가 마찬가지지만 노트 정리에도 효과적인 방법이 있다.

보기 좋은 떡이
먹기도 좋다.　　　하하 -

바인딩 노트를 사용하거나 과목별로 정리하기.

노트는 과목별로 따로 정리하는 것이 좋다. 굳이 한 권의 노트에 모든 과목을 정리하고 싶다면 나중에 노트를 헤쳐서 다시 묶을 수 있는 바인딩 노트를 사용하는 것이 좋다. 왜냐하면 수업을 듣거나 도서관에 갈 때, 이 노트 한 권만 가지고 다니면서 필기를 하고 나중에 과목별로 다시 묶기만 하면 되기 때문이다.

공부한 내용을 체계적으로 정리하려면 번호를 붙이는 게 좋다. 예를 들어 큰 제목은 로마자 I, II, III으로, 작은 제목은 1, 2, 3으로, 하위 제목은 1), 2), 3)으로, 설명 내용들은 (1), (2), (3) 등으로 번호를 붙여 구분하는 것이다. 또 단락이 새로 시작될 때마다 한 줄을 띄우거나 들여쓰기를 하자. 그러면 나중에 노트를 볼 때 전반적인 윤곽을 파악하기가 훨씬 쉬워진다.

편리하네

이제 노트도 차별화 시대라고

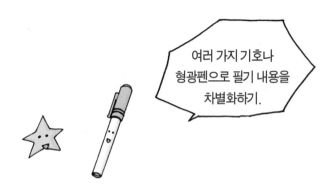

여러 가지 기호나
형광펜으로 필기 내용을
차별화하기.

노트를 정리할 때는 중요한 것, 수업 중에 배운 것, 나중에 보충해야 될 것 등을 구분하여 표시해둔다. 예를 들어, 참고서를 찾아보아야 할 것은 노란색, 선생님이 강조한 부분은 파란색 형광펜을 사용해서 표시해두면 나중에 정리한 내용이 일목요연하게 파악된다.

중요한 것에는 밑줄을 긋고, 반드시 암기해야 하는 것에는 ☆표를 추가하고, 이해가 안되거나 나중에 보충해야 할 내용에는 '?' 표시를 하는 등 여러 가지 기호를 사용해서 노트를 정리하자. 그리고 복습할 때 추가로 기록하는 내용은 수업시간에 사용한 펜의 색깔과 다른 색, 예를 들면 보라색이나 녹색 펜을 사용하자. 그러면 다른 부분보다 훨씬 눈에 잘 띄기 때문에 복습할 때나 짧은 시간에 여러 과목을 공부해야 하는 시험기간에 지겹지 않게 공부할 수 있다.

물론 수업 중에는 이 모든 일을 다 할 수 없다. 나중에 시간을 내서 노트를 검토할 때 표시하면 된다. 그러나 너무 다양한 색을 쓰거나 거의 모든 내용에 밑줄을 긋거나 온갖 기호들을 그려 넣지는 말자. 노트가 너무 현란해지면 오히려 혼란만 주기 때문이다.

종이를 아끼기 위해서인지 몰라도 지나치게 빽빽하게 노트 정리를 하는 학생들이 있다. 여백이 없이 너무 빽빽하게 적어 넣으면 최소한 세 가지 문제에 부딪힌다.

첫째, 지나치게 빽빽하게 써 놓은 노트는 보는 사람을 질리게 한다.
둘째, 나중에 기록할 수 있는 여백이 없기 때문에 중요한 내용이 있어도 보충하지 못한다.
셋째, 나중에 공부할 때 정리한 내용들을 서로 구분하기가 어렵고 혼란스럽기 때문에 보기가 싫다.

수업시간이 바뀌면 페이지를 바꾸어 필기하는 것이 좋다. 또 주제가 달라지면 한두 줄 띄어 써야 한다. 낭비처럼 보일지 모르나 언제든지 원하는 부분을 쉽게 찾을 수 있어 시간을 절약해줄 뿐만 아니라 여백을 남겨두면 나중에 빠진 것을 보충할 수 있어 편리하다.

그리고 노트에 적당한 여백이 있으면 어디서 주제가 바뀌는지 알 수 있어서 체계적으로 이해할 수 있다. 또한 마음의 여유가 생기고 분량도 늘어나기 때문에 같은 내용을 공부하더라도 더 뿌듯한 기분을 느낄 수 있다. 노트의 여백은 정신적 여유를 가져다준다.

노트에 내용을 기억할 수 있는 실마리 넣기

딱딱한 수업 내용이 빼곡하게 들어차 있는 많은 양의 노트를 보고 그 내용을 모두 기억해내기는 쉽지 않다. 초등학교 동창들의 이름을 효과적으로 기억하는 방법 중 하나는 함께 찍었던 사진을 보거나 아니면 당시 교실을 상상하는 것이다. 사진이나 교실을 상상하는 것이 기억을 되살릴 수 있는 실마리로 작용하기 때문이다.

노트 정리를 할 때도 기억을 되살리는 실마리를 만들어두면 나중에 기억하기가 쉽다. 예를 들어, 그날의 날짜와 날씨 또는 그날의 중요한 사건, 수업 도중에 선생님이 던졌던 농담이나 특이한 행동, 친구들이 했던 질문들을 한쪽 귀퉁이에 적어 놓는 것이다. 그러면 그것을 볼 때마다 당시 공부했던 내용이 실타래가 풀리듯이 회상될 것이다.

잘 정리된 노트는 공부를 하면서 만들어낸 하나의 작품이다. 자신의 노트라도 재미가 있어야 보고 싶어진다. 알아보기가 힘들고 무미건조하다면 다시 들추고 싶지 않다. 그것은 실패한 작품이다. 글만 있는 책보다는 만화책이 보기가 쉽고, 라디오보다는 TV에 더 눈이 가는 이유는 그림이나 영상이 있어 재미있기 때문이다.

수업 중에 적당히 여백을 남겨 두었다가 복습할 때 중간 중간에 공부한 내용을 압축할 수 있는 재미있는 삽화를 그려 넣는 것도 좋다. 아니면 교과서나 참고서에 나와 있는 사진이나 도표 등을 복사해서 깔끔하게 붙여 놓으면 한결 멋진 노트가 만들어질 것이다. 간간이 마음에 새겨 두고 싶은 명언이나 경구를 적어 놓는 것도 노트를 다시 보고 싶게 만든다.

오래 전부터 심리학자들은 효과적인 노트 정리 방법에 대해 연구해왔다. 가장 효과적인 노트 정리 방법으로 알려진 것이 미국의 코넬Cornell 대학에서 개발한 코넬식 노트법이다. 이 방법이 소개되면서 노트를 만드는 많은 회사들이 이러한 양식으로 노트를 제작하고 있다. 코넬식 노트는 매우 단순하다. 노트 지면의 왼쪽에 단서 칸을 만들고 아래에는 요약 칸을 만들어두는 것이다.

왼쪽 단서 칸에는 수업 중에 정리했던 내용을 검토하면서 핵심 단어나 의문점, 보충할 점, 필기내용과 관련된 참고사항 등을 적어 넣는다. 이는 나중에 복습할 때 노트 전체를 보지 않고도 짧은 시간에 전체적인 윤곽을 파악할 수 있게 해주는 단서로 작용한다. 단서 칸에 적힌 내용들을 보면서 오른쪽 본문 칸의 내용이 무엇인지를 회상해보면 기억하고 있는 것과 잊어버린 것을 확인할 수 있어 효율적으로 시험 준비를 할 수 있다.

단서 칸을 훑어보면 한눈에 중요한 것을 확인할 수 있어 효율적으로 시험 준비를 할 수 있다.

하단의 요약 칸에는 한 페이지에 정리된 내용을 몇 개의 문장이나 단어로 정리한다. 이것 역시 시험 직전에 훑어볼 때 유용하게 사용할 수 있다.

본문 칸 : 수업 중에 들었던 내용이나 책에서 읽은 내용을 가능한 한 상세하게 기록한다.

단서 칸 : 본문 칸에 정리된 내용을 검토하면서 중요한 내용이나 보충할 점 등을 한 단어로 적어 넣는다. 잘 모르는 것은 '?', 중요한 것은 '☆' 등 여러 가지 기호를 적어도 된다. 복습할 때 기억의 단서, 즉 실마리가 될 수 있는 것을 적는다.

요약 칸 : 여기에는 본문 칸에 필기한 내용을 두세 줄로 요약해서 정리한다.

과목 : 공부 방법 20005년 5월 14일

책을 효과적으로 읽는 법 : PQ3R 방법

P는?
• 지도!

1. Preview : 우선 대충 훑어보고 윤곽을 파악한다.

Q는?
• 다른 질문은?

2. Question : 의문을 제기한다.

R은?
• ?, ☆

3. Read : 의문에 대한 답을 찾으면서 정독한다.

R은?
• 요주의!

4. Recite : 간간이 돌이켜보고 암송한다.

R은?
• 기억 안 되는 것
  → 목록 만들자

5. Review : 전체 내용을 재검토하고 암기한다.

PQ3R 방법

• 책 읽는 것도 지름길이 있다.
• 1) 윤곽→ 2) 질문 → 3) 답 찾으면서 정독→ 4) 중간 점검→ 5) 전체 개관
• 내가 잘하고 있던 점들은?
• 내가 보충해야 할 책 읽기의 문제점들은?

이미지로 기억하라

공부할 때 노트나 책을 눈으로 읽기만 하거나 또는 연습장에 깜지를 만들며 공부하는 학생들이 많다. 반면 어떤 학생은 도표나 그림으로 그려보기도 하고 상상력을 동원해서 머릿속에 공부하는 내용과 관련된 이미지를 그려보기도 한다. 누가 더 짧은 시간에 많은 내용을 기억할 수 있을까? 두말 할 필요 없이 당연히 후자다. 기억을 확실하게 하는 방법 중 하나는 그림을 그려보는 것이다. 그 이유를 찾아보자.

낯선 길을 갈 때 누군가에게 길을 묻는다고 가정하자. 그런데 한 사람은 말로 복잡하게 설명해준다. 그리고 다른 사람은 약도를 그려서 간단하게 설명해준다. 누가 더 도움이 될까? 당연히 후자다. 또 다른 예를 들어보자. 분자의 구조에 대해 공부할 때

말로 자상하게 설명해주는 선생님과 입체적인 컬러 그림을 보여주면서 수업을 진행하는 선생님의 수업 중 어느 쪽이 더 이해하기 쉽고 오래 기억될까? 당연히 후자다. 왜 그럴까?

그려라, 그러면 기억될 것이다

우리의 뇌는 좌반구와 우반구로 나뉘어 있다. 왼쪽 뇌는 주로 언어(말이나 글), 논리적 사고를 담당하고 있으며 오른쪽 뇌는 그림이나 음악 또는 직관적인 능력 등 비언어적인 기능을 담당하고 있다.

언어적인 내용을 이해할 때 그림을 그려보거나, 도표를 보면서 공부하면 우리의 양쪽 뇌가 모두 사용된다. 그러나 노트나 책을 눈으로 읽거나 혹은 글로 쓰기만 하면서 공부할 때는 왼쪽 뇌만 사용된다.

따라서 그림이나 도표를 그려보거나 이미지를 만들어보면 더 확실하게 기억할 수 있다.

공부할 때 동원되는 감각기관이 많을수록 기억이 잘 돼요.

예를 들어, 영어 단어를 암기할 때, 단어를 눈으로 보고 그와 관련된 그림을 그려보거나 상상하면서 소리를 내서 읽고 또 펜으로 철자를 써본다면 훨씬 더 효과적이다. 온몸으로 공부하는 것이 눈으로만 하는 것보다 효과적인 데는 다 이유가 있다.

대뇌의 신피질은 눈에 보이는 내용을 처리하는 시각피질, 귀에 들리는 내용을 담당하는 청각피질, 말하는 것을 관장하는 언어피질, 근육운동을 처리하는 운동피질 등으로 구분되어 있다. 따라서 눈으로 읽는 공부 내용은 시각피질에서만 처리되지만 온몸

으로 하는 공부는 적어도 네 개 이상의 대뇌 부위에 정보가 저장된다. 그러니 당연히 효과적으로 기억될 수밖에 없다. 그래서 외국어를 공부할 때도 '크레이지 잉글리시' 프로그램처럼 온몸으로 배우는 게 효과적이다.

이미지를 만들어서 기억한다

먼저 간단한 실험을 한 가지 해볼까요?

아래의 다섯 개 단어 쌍을 한 번씩만 읽어 보세요.

오리 ― 도끼

감자 ― 인형

바늘 ― 아이

담배 ― 피아노

돼지 ― 탁자

다 읽었으면 오른쪽의 단어들을 모두 종이로 가려라. 그리고 왼쪽의 단어만 보고 오른쪽에 어떤 단어가 있었는지 회상해보라. 기억해야 할 내용이 '오리―강물' 처럼 서로 관련되는 것이라면 훨씬 외우기가 쉬울 것이다. 그런데 위의 좌우 단어들은 서로 별 관계가 없다.

그렇기 때문에 이 같은 내용을 기계적으로 외우는 데는 한계가 있다. 이럴 경우 쉽게 기억해내는 전략이 있다. 두 개의 단어를 한꺼번에 묶어주는 이미지를 만들어내는 것이다.

이야기를 만들어본다. 가능한 한 그럴듯하게

입시학원의 명강사들이 공통적으로 쓰는 수업 방법이 하나 있다. 그들은 외우기 힘든 내용은 어떤 식으로든 이야깃거리를 만들어 웬만해서는 학생들이 잊어버리지 않도록 가르친다. 서로 관련이 없는 여러 사실들을 순서대로 기억하는 방법 중 하나는 기억할 내용들을 포함하여 가능한 한 그럴듯하게 이야기를 만드는 것이다.

우리도 한번 해보자.

아래에 소개한 단어들을 순서대로 하나씩 기계적으로 읽어보세요.

새→의상→머리→우체통→강→극장→간호사→눈꺼풀→밀랍→용광로

단지 10개의 단어에 불과하다. 다 읽었는가? 그러면 이제 책을 보지 말고 백지에 그것을 순서대로 써보라.

자, 이번에는 앞의 단어들을 다시 보면서 아래와 같은 방식으로 이야기를 만들어서 외워보세요.

(새) 모양의 (의상)을 차려 입고, (머리)에 (우체통) 같은 모자를 쓴 한 남자가 (강)에 뛰어들었다. 이때 근처 (극장)에서 한 (간호사)가 달려나와 그 남자의 (눈꺼풀)에 (밀랍)을 발랐다. 그러자 그 남자는 죽었고, 시체는 (용광로)에 던져졌다.

자, 어떤가? 기계적으로 외울 때보다 쉽지 않은가? 심리학자 바우어는 이야기를 만들어 기억하는 것이 효과적이라는 사실을 증명하기 위해 다음과 같이 실험했다. 한 집단에게는 관련이 없는 10개의 단어들로 구성된 12개의 목록을 하나씩 보여주면서 마음대로 이야기를 만들어 외우게 했다. 그리고 다른 집단에게는 '새→의사→머리…' 등과 같이 단순히 순서대로 암송만 하게 했다.

그런 다음 단어들을 기억해 내도록 했다. 시간을 충분히 주었기 때문에 외우기가 끝난 직후에는 두 집단 모두 거의 완벽하게 회상했다. 그러나 시간이 훨씬 더 지난 다음 회상하도록 했더니 결과가 완전히 다르게 나왔다.

집단 A

집단 B

193

이야기를 만들어서 외웠던 집단은 93%를 정확하게 기억했다. 반면 기계적으로 암송한 집단은 겨우 13%밖에 회상하지 못했다. 놀랍지 않은가?

왜 이런 차이가 나타날까? 이야기를 만들다 보면 자연스럽게 그와 관련된 이미지가 만들어지기 때문이다. 그러면서 외워야 할 내용이 모두 머릿속에서 하나의 이야기로 묶인다. 앞의 단어는 다음 단어를 회상하게 만드는 실마리가 되고, 그 단어는 다시 다음 단어를 떠오르게 해준다.

집단 A   집단 B

가능한 한 단순화시켜라

여러 가지 내용을 더 효과적으로 외우는 가장 간단한 방법은 첫 글자들을 따서 단순하게 만들거나 이야기를 만드는 것이다. 이 방법은 동서고금을 막론하고 가장 널리 쓰이는 방법으로 심리학에서는 이를 두문자頭文字 기법Acronym Technique이라고 한다.

예컨대, 우리는 무지개의 일곱 색깔을 '빨주노초파남보'라고 외운다. 때로는 외워야 할 내용의 첫글자를 따내고, 글자들 사이에 조사나 단어를 삽입해서 가능한 한 재미있고 의미가 통하는 문장으로 만드는 것이 더 효과적일 수도 있다. 곧, 법의 5단계인 '헌법-법률-명령-조례-규칙'을 외우기 위해서는

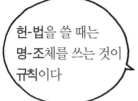

헌-법을 쓸 때는
명-조체를 쓰는 것이
규칙이다

라는 문장을
만들면 됩니다.

JUST DO IT!   이야기를 만들어 기억해보기

 앞에서 배웠던 기억방법을 여러분도 한번 사용해보라. 다음에 제시된 단어 10개를 순서대로 외우기 위해 자기만의 독창적인 이야기를 만들어보자.

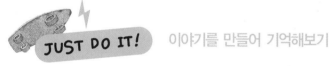

마차 ─ 꼭대기 ─ 하늘 ─ 연필 ─ 감자 ─ 노트 ─ 버스 ─ MP3 ─ 라디오 ─ 깃발

엎드려서 보는 시험은 없다

상두야. 그렇게 누워서 공부가 되니?

응~ 너무 피곤해서 그래. 시험기간이라 공부를 안 할 수도 없고.

그런 자세로 공부하면 기억이 잘 안 날 텐데?

더군다나 졸리기까지 하고.

무슨 소리~ 편하기만 한데.

형이나 신경 써.

정말이라구.
이건 근거 있는
얘기야.

그린스푼과 랜야드라는
심리학자가 학생들에게
서 있는 조건과 앉아 있
는 조건에서 여러 단어
를 외우게 하는 실험을
했어.

실험?

응. 그런 뒤에 학생들에게
외웠던 단어들을 최대한
많이 회상하게 했대.

서서 외웠던 학생들의
일부는 기억 검사를 받을
때도 서서 회상을 했고
일부 학생들은 앉아서
회상을 했대.

앉아서 단어를 외웠
던 학생들 역시 일부
는 앉아서 검사를 받
고 나머지 일부는 서
서 검사를 받았지.

그런데 그 결과가 재미있어. 단어를 외웠던 자세와 동일한 자세로 검사를 받았을 때 회상 점수가 제일 높았다는 거야.

다시 말하면 서서 외웠던 학생들은 앉아서 검사를 받을 때보다 서서 검사를 받을 때 더 많은 단어를 기억해낸 거지.

중간고사, 기말고사, 입학 시험 할 것 없이 거의 모든 시험은 앉아서 보잖아. 따라서 공부할 때도 책상에 앉아서 해야 시험을 볼 때 기억이 잘 되는 거야.

하하~
자, 이제 알았으면
어서 앉아서…

드르렁-
드르렁

앗~!

그것 봐!
내가 그런 자세는
잠들기 쉽다고
했잖아!

음냐-
음냐-

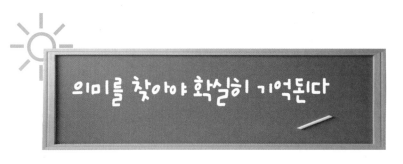

의미를 찾아야 확실히 기억된다

공부를 하다 보면 어떤 내용은 쉽게 암기가 되지만 어떤 내용은 아무리 노력해도 외워지지 않는다. 이해하지 못한 내용은 기억하기도 힘들기 때문이다. 설사 억지로 기억한다고 해도 오래가지 못한다.

우리는 때로 이해가 안 된 상태로라도 무언가를 외워야 한다. 그럴 때는 나름대로 의미를 부여하면 된다. 예를 들어, "차량이 좌측 통행을 하는 나라는 영국, 호주, 말레이시아, 싱가포르, 일본"이라는 것을 외웠다고 치자. 대부분의 국가에서 차량은 우측 통행을 하게 되어 있다.

왜 이 다섯 나라는 좌측 통행을 할까? 이유를 찾는다면 외우기는 한결 쉬워진다. 그러나 이유를 찾기가 힘들다면 이런 방법을 쓸 수 있다. 먼저 공통점을 찾는 것이다.

둘째, 여러 가지 가정을 해보는 것이다.

교통수단과 도로가 가장 빨리 발달한 영국을 떠올려라. 말을 몰 때는 채찍을 사용해야 하는데 손님이 오른쪽에 앉게 되면 채찍에 다칠 우려가 있으니까 말을 모는 사람이 오른쪽에 앉았을 것이다. 자동차가 만들어졌을 때도 그 습관 때문에 핸들을 오른쪽에 설치했을 것이다.

그리고 영국의 영향을 받은 호주나 말레이시아, 싱가포르, 일본 등에서 이러한 관습을 본받았을 것이다. 이것이 사실인지는 알 수 없다. 그러나 좌측 통행을 하는 몇 나라들을 기억하기 위해서는 이런 식으로 억지로라도 의미를 부여해야 외우기가 쉽다.

질문하는 자가 주도한다.　　　　　　　　　　　　—소크라테스

질문 또 질문

기억력이 부족하다고 호소하는 학생들이 많다. 나는 그런 학생들에게 간단한 기억력 테스트를 한다. 이를테면 이런 것이다.

여러분도 한번 답해보세요.

• 좋아하는 가수가 있는가? 있다면 누구인가?

• 가사를 모두 외우는 노래가 있는가?

• 가장 친한 친구의 이름과 전화번호는?

• 가장 좋아하는 선생님과 싫어하는 선생님의 이름은?

이상의 질문에 모두 답할 수 있다면 기억 능력 자체는 큰 문제가 없다. 그래도 기억력이 없다고 생각한다면 그것은 단지 기억해야 할 절실한 이유를 찾지 못했거나 효과적으로 기억하는 방법을 잘 모르고 있을 뿐이다. 영어 문장 하나를 공부할 때도 다음의 질문들을 스스로 던져보라.

"어떤 상황에서 이 문장을 사용할 수 있을까?"

"다른 표현은 없을까?"

"우리말과 어떤 점에서 다른가?"

그러면 수동적으로 공부하고 기계적으로 외울 때보다 좀더 확실하게 기억된다.

공부를 한다는 것은 언젠가 있을 질문들에 대한 답을 찾아내는 것을 의미한다. 공부를 잘하는 학생과 못하는 학생의 커다란 차이 중 하나는 공부를 하면서 스스로 질문을 하는지 여부와 그 질문을 통해 공부하는 내용에 의미를 부여하는지 여부다. 그래서 스스로 문제를 만들어보거나 질문을 많이 하는 학생들이 공부를 더 잘한다.

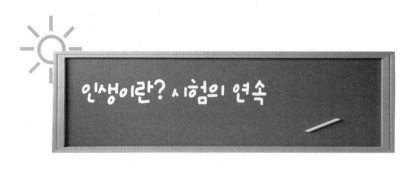

인생이란? 시험의 연속

우리가 행위를 결정한 것만큼 우리의 행위는 우리를 결정한다.

– 조지 엘리엇

공부를 잘하건 못하건 시험을 좋아하는 학생은 거의 없다. 여기에는 당연히 그럴만한 이유가 있다. 가장 중요한 이유는 우리가 자라면서 너무나 많이 그리고 너무나 오랫동안 시험에 시달려왔다는 것이다.

시험 점수 때문에 칭찬을 받은 적도 있지만 그보다 야단 맞은 적이 더 많을 것이다. 또 시험 결과는 다른 사람과 비교하게 만들 뿐만 아니라 과거의 자신과도 비교하게 만들기 때문에 시험은 언제나 스트레스다.

우리는 어떤 형태로든 시험을 치러야 하는 세상에 살고 있다.

과거에도 그래왔고 앞으로도 영원히 시험이란 없어지지 않을 것이다. 우리는 거의 언제나 크고 작은 시험을 치르면서 살고 있다.

옷을 차려 입고 나가는 사소한 일도 어찌 보면 일종의 시험이다. 사람들이 멋있다고 평가해준다면 옷 입는 감각의 시험 성적이 좋은 것이고, 촌스럽다고 평가한다면 시험 성적이 좋지 않다는 것을 의미한다.

누군가와 친한 사이가 되기 위해서도 우리는 상대방의 평가를 받는다. 즉, 얼마나 재미있는 성격인지, 얼마나 도움이 될 수 있는지 또는 얼마나 마음을 터놓을 수 있는 사람인지에 대한 시험을 치르게 된다. 그것을 통과했을 때 비로소 친구로 받아들인다.

어떤 상황에서나 가장 중요한 것은 준비하는 것이다.

－도로시 리즈

어차피 치를 시험,
조금만 달리 생각하자

맞아!

피해갈 수 없는
상황이라면…

여러분은 지금까지 수많은 시험을 치르며 살아왔다. 그러나 앞으로도 더 많은 시험을 치르게 될 것이다. 시험이 존재하는 데는 이유가 있다. 자기가 어떤 사람인지, 무엇을 얼마나 잘하는지를 알아보기 위해 가장 많이 쓰는 방법이 다른 사람과 비교하는 것이며 그것은 인간의 원초적인 본능이다. 우리는 어렸을 때부터 누가 시키지 않아도 누가 가장 빨리 달리는지, 누가 더 멋있게 블록을 쌓는지를 비교해왔다.

워, 원초적
본능이라고라!

····ㅇㅇ

시험이란 자신의 노력에 대한 결과를 확인하는 중요한 수단이다. 시험은 그 결과를 통해 우리가 무엇을 잘하고 무엇을 못하는지, 그리고 부족한 게 무엇인지, 어떻게 노력해야 하는지를 알려준다. 또한 호기심과 도전욕구를 키우기도 한다. 시험, 그것이 피할 수 없는 것임을 인정한다면 시험에 대해 긍정적으로 생각해야 한다.

시험 준비, 이렇게 하자

시험에 대한 부정적인 관점을 바꾸기.

어떤 사람은 시험을 생각하면서 "그래, 이건 내가 할 일이야. 어차피 할 일이라면 즐기면서 해야 해."라고 스스로를 격려한다. 반면 어떤 사람은 "정말 지겨워. 언제까지 이걸 해야 한단 말이야?"라고 투덜거린다. 그러니 시험을 생각하면 기분이 나빠지고 그 결과가 엉망인 것은 당연하다. 먼저 시험이 필요한 이유를 찾아야 한다. 그리고 시험을 즐겁게 할 수 있는 방법을 찾아보자. 그래야 시험에 끌려 다니지 않고 시험을 즐길 수 있다.

평소에 조금씩 미리 준비하기.

많은 학생들은 시험 일자가 발표되어야 시험 준비를 시작한다.

물론 시험 직전에 벼락치기를 하는 학생들보다야 낫다. 그러나 어떤 학생들은 미리미리 시험에 대비한다. 수업을 듣거나 혼자 공부를 하면서 어떤 문제가 시험에 나올지를 생각한다면 더 즐거운 마음으로 대비할 수 있다. 평소 준비하지 않는 습관을 가진 사람에게는 이 말을 들려주고 싶다. "게으른 자는 석양에 바쁘다."

과목에 따라 준비 방법과 시간 배정을 달리하기.

시험을 준비할 때는 과목에 따라 시험 준비 방법을 달리해야 한다. 암기를 위주로 해야 하는 과목은 효과적으로 암기할 수 있는 방법을 찾아야 하고, 이해가 중요한 과목은 철저하게 이해해야 응용문제를 쉽게 풀 수 있다. 그리고 과목별로 투자해야 할 시간을 적절하게 배분하는 것 역시 중요하다.

보다 합리적으로

만약 수학이 어렵다면 수학에 더 많은 시간을 할당하고, 부담이 없는 과목들에는 상대적으로 적은 시간을 배정해야 한다.

시험 제출자의 입장에서 생각해보기.

데이트 신청을 할 때도 예상이 필요한 법이다. 상대방의 입장에서 내가 어떤 표정을 짓고, 무엇을 말하고, 어떻게 행동해야 좋아할지를 예상할 수 있어야 성공 가능성이 높다. 공부한 내용을 이해하고 암기하고 난 다음에는 문제를 만들어봐야 한다. 예상문제를 만들어보면 이해가 빨라지고 기억도 잘 된다. 예상문제를 만들 때는 친구와 서로 문제를 내고 답하는 방법도 좋다.

한 과목이 끝나고 나면 즉각적으로 답을 확인해보라는 말이 아니다. 쉬는 시간에는 다음 시험 준비를 하는 것이 낫다.

시험이 끝나면,

환호를 지르면서 시험지를 내팽개치고 쳐다보지도 않는 학생들이 많다. 모든 시험이 끝나면 과목별로 정답을 반드시 확인해야 한다.

오답 노트를 따로 만들어 틀린 문제에 대한 정답과 틀린 이유를 확인해서 정리해두자. 예를 들어, 문제를 잘못 읽은 것, 몰라서 틀린 것을 다른 색깔로 칠하거나 다른 표시를 해두면 다음 시험에서 비슷한 실수를 저지르는 시행착오를 줄일 수 있다.

시험 문제와 관련된
내용을 정리하기.

시험에 나온 문제들을 하나씩 검토하면서 그 내용이 기재된 교과서와 참고서에 표시를 하자. 맞힌 문제든 틀린 문제든 문제로 출제되었다는 것은 중요한 내용일 뿐 아니라 다시 출제될 가능성도 높다는 뜻이다. 모르는 문제를 추측으로 맞혔을 경우, 그것을 자신의 '찍는 능력'으로 돌리면서 다시 돌아보지도 않는 학생들이 많다. 그래서는 안 된다.

이러한 경우에도 반드시 표시를 해두고 왜 그것이 정답인지를 확인해서 교과서나 참고서에 표시해야 한다. 그래야 다음 번에 비슷한 문제가 나올 때 실수하지 않고 자신 있게 답을 쓸 수 있다.

JUST DO IT!   시험 준비와 관련된 나의 문제점 찾아보기

시험 준비와 관련해서
내가 갖고 있는 문제점을
세 가지만 찾는다면
어떤 게 있을까요?

시험을 더 잘 보기 위해
나는 어떻게 노력을
할 것인지 적어보세요.

문제점	노력할 점

객관식 시험 잘 보는 8가지 요령.

1. 선택지를 보기 전에 문제를 읽으면서 답을 예상하라. 떠오르는 답이 선택지에 포함되어 있으면 그것이 답일 가능성이 높다.

2. 질문 유형을 파악하라. 문제가 긍정적으로 서술되어 있는지(맞는 것, 관계 있는 것), 부정적으로 서술되어 있는지(틀린 것, 무관한 것)를 확인하라.

3. 정답이 분명하다고 생각되거나 예상했던 답을 쉽게 찾더라도 모든 선택지를 다 읽어라. 예상하지 못했던 내용이 정답일 수도 있다.

4. 너무 쉬운 문제에 유의하라. 쉬운 문제는 출제 의도를 파악하고 문제를 끝까지 꼼꼼하게 읽어보라. 너무 쉬운 문제엔 함정이 있을 수 있다.

5. 어렵거나 혼동되는 문제는 표시를 해두고 나중에 풀어라. 어려운 문제에 집착하면 시간만 낭비하고 불안감이 가중되어 아는 문제도 틀릴 수 있다.

6. 정답이 확실하지 않으면 정답을 찾기보다 정답과 거리가 먼 것부터 하나씩 지워나가라. 그러면 정답과 가까운 내용을 골라낼 수 있다.

7. 긴 예문을 제시하고 문제가 나오면 예문을 제쳐두고 우선 문제부터 읽어야 한다. 그래야 예문에서 무엇을 찾아야 할지 윤곽을 그릴 수 있다.

8. 문제에 포함된 어구에 유의하라. '항상', '결코', '반드시', '완전히' 등 지나치게 일반적인 내용은 정답이 아닐 가능성이 높다. 반면 '가끔', '아마도', '일반적으로' 등의 단어를 포함한 내용은 정답일 가능성이 높다.

210

7

절대 포기하지 말자

—슬럼프, 한 방에 날린다!

자신을 이기는 자가 가장 강한 사람이다.

— 세네카

반 평균 70점 이하들은 모두 각오해!

큭! 이번만큼은 꼴찌를 면하고 말겠어.

이번엔 목표를 세웠으니 무조건 열심히…

우성아, 우리 열심히 하자.

집중력을 가지고 다시 한 번…

노력하자!

215

슬럼
SLUMP

프?!

히히 공짜다.

…ㅇㅇ

편집부

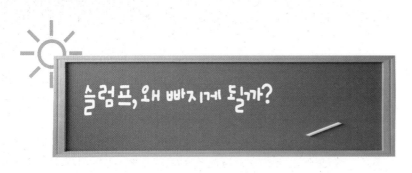

살 려 줘 요!

슬럼프. 그것은 누구에게나 찾아온다. 무엇보다 중요한 것은 슬럼프를 극복할 수 있는 현명한 대처방법을 찾는 것이다. 슬럼프는 아무도 좋아하지 않는 손님이다. 하지만 싫든 좋든 우리는 그를 맞이해야 한다. 그리고 그 손님을 정중하게 대접해서 되돌아가게 해야 한다. 슬럼프의 심리적인 원인은 다음과 같다.

모든 생물체는 1년 내내 하루 24시간 동안 긴장할 수 없다. 생존을 위해서는 긴장 다음에 이완할 수 있는 시간을 가져야 한다. 우울증이 에너지의 지나친 낭비를 방지하듯이 슬럼프 역시 우리의 생존에 필요하기 때문에 나타난다.

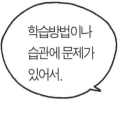

학습방법이나
습관에 문제가
있어서.

어떤 사람은 슬럼프가 심각하고 오래가는 반면, 어떤 사람은 경미하고 짧게 지나간
다. 학습 방법이나 습관이 비효과적인 경우는 대체로 슬럼프가 심각하고 오래간다.

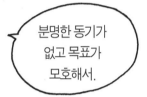

분명한 동기가
없고 목표가
모호해서.

대부분의 경우 공부는 지루하고 재미가 없다. 특히 공부에 대한 분명한 동기가 없
고 목표가 불분명하면 쉽게 싫증이 나고 의욕이 저하된다.

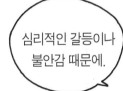

심리적인 갈등이나
불안감 때문에.

부모님과의 관계, 선생님이나 친구와의 갈등, 또는 부모의 기대나 성적에 대한 고민,
이성관계 등의 심리적인 문제가 있으면 아무리 노력을 해도 성적이 오르지 않는다.

슬럼프, 이렇게 대처하자

자전거나 스키를 능숙하게 타기 위해서는 반드시 거쳐야 할 과정이 있다

그것은 바로 제대로 넘어지는 것이다. 넘어지는 것을 두려워하는 사람은 결코 그것을 배울 수 없다. 스키를 멋지게 타기 위해서는 반드시 넘어지는 과정을 겪어야 하며 요령 있게 일어나는 법을 배워야 한다. 무슨 일인가에 성공하려면 슬럼프를 극복하는 법부터 배워야 한다.

다양한 대처방법을 가능한 한 많이 찾아보자. 아무리 유능한 목수라도 대패 하나만으로는 멋진 집을 지을 수 없다. 연장은 많을수록 좋다.

슬럼프의 존재를 인정하고 받아들이기.

현명한 사람은 날씨가 나쁘다고 투덜거리거나 하늘을 원망하지 않는다

대신 나쁜 날씨에 어떻게 대처할지를 생각한다. 슬럼프 역시 마찬가지다. 있어서는 안 되는 것이라고 생각하지 말자. 슬럼프란 인내력과 대처 능력을 시험하기 위해 존재한다고 생각하자. 그것을 이겨내면 자신감이 더 생긴다는 것을 명심하자.

슬럼프에 빠지더라도 기본적인 예습과 복습을 꾸준하게 하자. 무엇보다도 과욕을 버리자. 운동선수가 슬럼프에 빠졌을 때 과욕을 부려 너무 많은 연습을 하면 오히려

과욕을 버리고
꾸준하게 공부하기.

역효과가 난다. 공부 역시 지나치면 슬럼프가 길어질 수 있다. 공부는 양보다 질이 중요하다. 그리고 질보다 더 중요한 것은 꾸준히 하는 것이다.

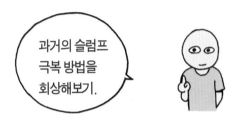

과거의 슬럼프
극복 방법을
회상해보기.

지난 과거를 돌이켜보면서 좌절하고 실패했을 때 어떤 방법으로 그것을 극복했는지 회상해보자. 지난 일들을 살펴보면서 슬럼프란 언젠가 끝나게 마련이라는 사실을 받아들이면 불안감이 줄어든다. 과거에 사용해본 적이 있는 현명한 해결책은 현재의 문제를 해결하는 데 가장 효과적인 처방이 될 수 있다.

주변 사람들에게
도움을 청하기.

슬럼프에 빠져서 헤어나오기 힘들 때는 주변의 친구, 부모님, 선생님에게 솔직하게 도움을 청하자. 그들은 여러분이 모르고 있는 나름의 방법을 조언해줄지도 모른다.

비록 실질적인 도움을 받지 못하더라도 마음을 털어놓는 것 자체가 여러분의 생각을 정리하게 해주고 정서적으로 안정시켜줄 것이다.

시간을 정해 놓고 마음껏 쉬는 시간을 가지기.

때로는 만사를 제쳐 놓고 몇 시간 동안 공부와 무관한 일에 빠져 맘껏 즐겨보자. 공부에 집착하지 않고 심리적인 거리감을 두고 관조하면 공부에 대한 새로운 결심이 설 것이다. 이때 부모님에게 이러한 계획을 사전에 이해시키는 것이 중요하다. 그렇지 않으면 자포자기한 것으로 생각해 불필요한 갈등이 생길 수 있다.

누군가에게 사소한 도움을 베풀어보기.

누군가를 위해 사소한 친절을 베풀거나 도움을 주는 것은 슬럼프 탈출의 좋은 해결책이 될 수 있다. 심리치료 전문가들은 우울증 환자의 기분을 치료하기 위해 다른 사람을 돕는 일을 하라고 조언한다. 누군가를 돕는 것이 자신감과 자기 통제감을 높여주기 때문이다. 어머니의 부엌일을 도와드리거나 친구에게 작은 선물을 하거나 혹은 동생의 숙제를 돌봐주자. 그러면 기분전환이 될 것이다.

마음을 다잡는 말이나 희망, 목표 등을 글로 써보기.

해이해지는 마음을 다스리는 효과적인 방법 중의 하나는 자신의 희망과 목표, 각오를 글로 써보는 것이다. '마음 다지기'라는 제목의 노트를 만들어 일기를 쓰듯 생각나는 대로 쓰는 것도 하나의 방법이다. 자신에게 격려와 충고가 담긴 편지를 써보자. 그리고 출력해서 벽에 붙여보자. 여러분을 가장 아끼는 사람은 여러분 자신이기 때문에 누구의 편지보다도 효과가 있다. 마음속으로 다짐하는 것은 순간적으로 사라지지만, 글로 쓰면 생각하고 정리하고 다시 볼 수 있기 때문에 해이해지는 마음을 다잡기가 훨씬 수월하다.

성공한 모습을 상상하고 스스로를 격려하기.

공부가 힘들 때는 목표를 달성했을 때의 모습을 생생하게 상상하자. 내 강의를 수강하는 한 학생은 공부가 힘들 때 자신이 수석 입학을 해서 기자들과 인터뷰하는 장면을 떠올렸다고 한다. 힘들 때는 여러분이 잘 보이고 싶은 사람에게 자랑스러운 모습을 보여주는 장면을 상상하자.

최악의 상황을
상상해보기.

멍멍탕

인간의 행동을 동기화할 수 있는 가장 큰 요인은 두려움이다

공부에 싫증이 날 때는 빈둥거리다가 후에 낙오자가 된 모습을 상상해보자. 지금은 친하게 지내는 친구들이 훗날에는 여러분과는 완전히 다른 삶을 살면서 여러분을 거들떠보지도 않는다. 그런데도 여러분은 아직도 빈둥거리면서 방황하고 있다. 훗날의 모습을 상상하면 지금 무엇을 해야 할지 쉽게 판단이 설 것이다.

감동적인 책이나
비디오 보기.

어려움에 처해 있을 때 용기를 얻을 수 있는 좋은 방법 중의 하나는 자신보다 훨씬 어려운 처지에 있었던 사람들이 고난을 이겨낸 과정을 보고 그것을 통해 배우는 것이다. 공부가 안 될 때는 되지도 않는 공부를 붙든 채 전전긍긍하지 말고 감동적인 책이나 비디오를 찾아보자. 그러면 여러분들의 고민이 얼마나 호강스러운 것인지를 깨닫게 될 것이다.

마음을 열어주고 용기를 주는 비디오

〈빠삐용〉: 스티브 매퀸과 더스틴 호프만 주연. 탈옥수 앙리 샤리에르의 실록 자서전을 영화화한 것이다. 주인공의 강한 의지, 무서우리 만큼 강인한 집념과 실행력에 감탄하지 않을 수 없다.

〈미러클 워커〉: 앤 밴크로프트, 패티 듀크 주연. 시각장애인 헬렌 켈러와 설리번 선생의 이야기를 그린 작품으로 사랑, 인간의 존엄성과 휴머니즘을 감동적으로 전해준다.

〈나의 왼발〉: 대니얼 데이 루이스 주연. 왼발만 움직일 수 있는 전신마비 장애인이 강인한 정신력으로 고통을 극복하고 사랑을 이루어내는 이야기를 감동적으로 그렸다

〈인생은 아름다워〉: 로베르토 베니니가 각본과 연출, 주연을 겸한 영화. 제2차 세계대전 당시, 유태인 수용소의 참혹한 현실로부터 아들을 지키려는 아버지의 눈물겨운 이야기.

〈시티 라이트〉: 찰리 채플린 감독, 출연. 떠돌이 부랑자가 눈먼 꽃장수 소녀의 눈을 수술해주기 위해 술독에 빠진 백만장자에게 접근하고 결국 소녀는 눈을 수술한다. 가슴 뭉클한 결말이 인상적이다.

〈갈매기의 꿈〉: 리처드 바크의 책을 영화화한 작품. 갈매기의 기나긴 여로를 통해 도전과 좌절 그리고 희망으로 채색되는 인간 삶의 역정을 조용히 들여다본다.

〈황혼〉: 잭 레몬, 테드 단슨, 올림피아 듀카키스 출연. 부모가 늙어가는 모습을 보는 자녀와 늙음을 운명으로 받아들여야 하는 부모의 감동적인 이야기.

〈흐르는 강물처럼〉: 크라이그 쉐퍼, 브래드 피트 주연. 목사인 아버지와 두 아들, 그리고 그들을 엮어주는 강 낚시에 관한 잔잔한 드라마.

〈천국의 아이들〉: 미르 파로크 하스미안과 바하레 사디키 주연. 여동생에게 운동화를 안겨주기 위한 오빠의 감동적인 질주가 진실과 순수의 감동을 가득 안겨준다.

내 삶은 내가 선택한다

"커서 뭐가 되고 싶니?"

어른들이 아이들에게 가장 흔히 던지는 질문 중 하나다. 어른들은 아이들에게 왜 그런 질문을 던질까? 어른이 되면서 삶이란 여행과 같은 것이며, 여행은 목적지를 정하고 떠나야 실패를 덜 한다는 사실을 터득했기 때문이다. 뿐만 아니라 선택한 코스에 따라 여행의 질이 달라진다는 사실을 자연스럽게 깨달았기 때문이다.

여기에 대한 해답을 찾기 위해서는 평생 긴 여행을 해야 한다. 그리고 여행을 떠나기 전에는 반드시 목적이 있어야 한다. 뭔가를 원한다고 해서 항상 그것을 얻는 것은 아니다. 하지만 자신이 무엇을 원하는지를 모른다면 그것을 얻을 수 있는 기회조차 갖기 어렵다.

10대, 인생을 선택할 나이

이제 선택할 때가 되었다. 다른 사람에게 끌려 다니면서 툴툴거릴 것인가, 아니면 즐거운 마음으로 자기가 정한 목적지를 향해 여행할 것인가를 말이다. 방청소를 하는 것처럼 귀찮은 일도 가장 빠르고 효율적으로 해치운다는 목표를 정해 놓고 깨끗하게 정리된 방을 상상하면 생각보다 고통스럽지 않다. 무슨 일을 하든지 목표를 정해 놓고 하면 괴로움은 줄고, 기쁨은 배가 된다.

욕망은 이기적이어야 한다

우리의 행동을 좌우하는 두 가지 기본 감정이 있는데, 그것은 두려움과 욕망이다. 두려움은 우리에게 괴로운 상태를 피하게 하고, 욕망은 만족감을 주는 행동을 선택하게 한다. 두 가지 중에서 인간을 행동하게 하는 더 강렬한 힘은 욕망이다. 특히 자기만을 위한 이기적인 욕망일수록 위력을 발휘한다.

"욕망은 이기적이어야 한다."는 말에 여러분은 거부감을 느낄지 모르겠다.

그러나 인간의 이기적 욕망은 그 개인뿐 아니라 사회를 윤택하게 만드는 훌륭한 자산이다. 이기적인 욕망을 가져서는 안 된다고? 나는 그렇게 생각하지 않는다. 가장 헌신적인 일을 할 때조차도 이기적인 욕망이 작용하지 않으면 오래가지 못한다.

내가 말하는 자신만의 이기적인 욕망이란 다른 사람들을 착취하거나 권리를 침해하는 것이 아니다. 왜냐하면 그것은 결과적으로 자기의 진정한 욕망을 채워줄 수 없으니까. 여러분도 이 사실을 이미 알고 있을 것이다.

이렇게 생각하면 며칠간은 할 수 있다. 혹 몇 년간은 마지못해 할 수 있을지 모른다. 그러나 매일 하고 싶지 않은 일을 한다는 것은 고통이다. 하지만 자기의 욕망을 채우기 위해 '하고 싶은 일'이란 그와는 정반대이다.

228

욕망처럼 강한 자기 격려는 없다.

두려움이 아니라 욕망 때문에 '하고 싶은 일'은 우리를 새벽같이 일어나게 하고 밤 늦게까지 일하도록 만든다. 더 중요한 사실은 그런 일은 우리에게 고통을 주기보다 오히려 행복감을 준다는 것이다.

삶의 오묘한 법칙 중의 하나는 정말로 하고 싶은 일들을 하면 자연스럽게 다른 사람들의 욕망까지도 충족시켜준다는 점이다. 이제 책 읽기를 잠시 중단하고 자신이 진정 원하는 욕망이 무엇인지 생각해보자.

삶에 있어서 그대가 원하는 것을 얻기 위한 첫걸음은 그대가 원하는 것이 무엇인지를 결정하는 것이다.

― 번스타인

욕망을 찾았는가? 어떤 사람이 되고 싶은가?

그것은 돈을 많이 버는 것일 수도 있고 훌륭한 야구선수가 되는 것일 수도 있다. 또는 가수나 프로게이머일 수도 있다. 다른 어떤 것이라도 좋다. 욕망을 찾았다면 그것을 성취하기 위해 해야 할 일이 하나 있다.

그것은 누구처럼 될 것인가? 즉, 모델을 찾는 일이다. 기업가 OOO나, 야구선수

OOO도 좋고, 가수 OOO나 프로게이머 OOO도 좋다. 여하튼 모델을 찾았으면 그 사람들이 갖고 있는 성공의 비결이 어떤 것이었는지를 확인하자. 어떤 분야에서 정상에 오른 사람들은 그들만의 재능, 태도, 사고방식, 행동양식 등을 가지고 있다. 그들은 사물을 다르게 보고 시간을 다르게 활용하며, 사람들과도 다르게 상호작용한다.

자신의 성공 모델을 찾았다면 그 사람처럼 살려고 시도하자.

왜냐하면 그 사람들이 했던 것과 똑같은 방식으로 생활하는 것이 그 사람처럼 될 수 있는 가장 빠른 지름길이니까.

시행착오를
덜 겪게 되겠죠.

검증된
길이니까.

성공의 비결을 알 수 있는 가장 좋은 방법 중 하나는 여러분이 원하는 분야에서 성공한 사람들을 만나 그들만의 성공 비결을 듣는 것이다. 사람들은 자기보다 성공한 사람들을 만나는 것을 두려워한다. 성공한 사람들이 자신을 상대해주지 않을 것이라고 생각하기 때문이다. 그러나 사실은 그 반대인 경우가 더 많다.

즉, 뭔가 이루어낸 사람들은 의외로 자신에게 그 비결을 물어보는 사람을 좋아한다. 성공한 사람들은 대체로 자기가 이룬 성공에 대해 이야기하기를 좋아한다. 그들은 자신의 성공에 관심을 가져주는 사람을 좋아한다. 따라서 성공한 사람들에 대해 지레 겁을 먹을 필요가 없다. 어떤 분야에서 뭔가 크게 성취한 사람이 있으면 한번 찾아가 보자. 만약 멀리 있다면 편지나 이메일로 존경하는 이유를 적고 궁금한 점을 정중하게 물어보자. 정 쑥스러우면 우선은 인터넷으로 그 사람에 대한 자료를 찾아보자.

서양 속담에 이런 말이 있다. "부자가 되려면 부자에게 점심을 사라." 정말 멋진 속담이 아닌가?

하하- 사실이예요.
왜 그런지
잘 모르겠지만...

나
성공자.

JUST DO IT!   일생을 바칠 만한 분야 찾아보기

내가 일생을 바칠 만한 분야, 그건 도대체 뭘까? 지금 생각나는 대로 우선 세 가지만 적어보세요.

하나 _____

둘 _____

셋 _____

내가 고아원에서 있을 때도, 거리에서 구걸을 할 때도 "나는 이 세상에서 제일 위대한 배우다."
라고 자신에게 말했다.

－찰리 채플린

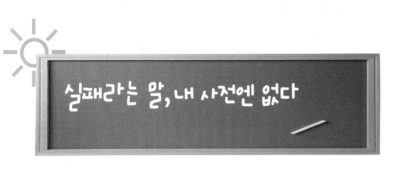

실패라는 말, 내 사전엔 없다

《놓치고 싶지 않은 나의 꿈 나의 인생》의 저자 나폴레온 힐이 에디슨을 처음으로 인터뷰했을 때였다.

에디슨 선생님, 전구를 발명하기 위해 수천 번에 걸쳐 실패했던 사실에 대해 어떻게 생각하십니까?

뭐라고요? 저는 단 한 번의 실패도 한 적이 없는데요. 단지 결과가 좋지 않은 수천 번 실험을 했을 뿐입니다.

그것은 오히려 전구를 만들지 못하는 수천 가지 방법을 잇달아 발견한 것이라고 할 수 있습니다.

실패를 바라보는 에디슨의 건강한 태도가 그를 역사상 가장 위대한 발명왕으로 만들었다. 성공한 사람들이라고 해서 실패를 하지 않는 것은 아니다.

그들은 다만 실패를 보는 관점과 실패를 다루는 방식이 다를 뿐이다. 계획했던 일이 마음대로 안 될 때 그래서 포기하고 싶은 충동이 들 때 자신에게 이렇게 말하자.

"과거는 지나갔다. 내일은 새로운 날이다." 그리고 이렇게 묻자. "이 상황은 내게 뭘 가르쳐주려고 하지?"

목표들을 다시 검토하고 실패한 이유를 찾는 것은 좋지만 그것 때문에 후회만 하거나 자책하는 것은 단호하게 거절하자. 모든 가능성을 다 시도해보았다고 생각할 때도 이 한 가지를 명심할 필요가 있다.

"모든 가능성을 다 시도했다 할지라도, 여전히 가능성은 남아 있다."

실패한 자리에서 주저앉을 것인가, 다시 일어나 뭔가 다른 방법이 있다는 것을 믿고 그것을 찾을 것인가? 선택권은 늘 자신에게 있다. 마음을 가라앉히고 차분히 대안적인 해결방법을 찾아보면 아직도 많은 가능성이 존재한다는 사실을 알게 될 것이다. 문제에는 반드시 답이 존재한다. 답을 찾는 방법은 한 가지만 있는 것이 아니다.

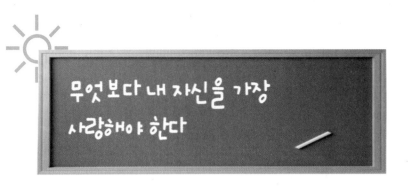

무엇보다 내 자신을 가장 사랑해야 한다

행복도 하나의 선택이며, 그 가운데 가장 잘 알려지고 가장 오래된 방법은 미소짓는 것이다.

– 잭 캔필드

우리 모두 종종 세상의 어두운 면들을 보면서 살아간다. 자기 자신에게도 가끔씩은 부정적인 생각을 갖는데 그것은 지극히 정상이다. 세상이든 자기 자신이든 문제가 있다는 것을 부정하라는 말이 아니다. 다만 자신의 어두운 측면만을 보는 것은 자기를 더욱 불행하게 만들 뿐 아니라 주변 사람들도 불행하게 만들 가능성이 크다는 것이다.

여러분은 가치 없는 존재가 아니다. 아무리 많은 실수를 저질렀다고 해도, 여태까지 잘했던 일이 별로 없다고 해도 자신을 너무 비난하지 말자. 다른 사람들은 여러분을 무가치하다고 말할 수 있다. 그러나 스스로가 자신을 무가치하다고 말해서는 안 된다. 왜냐하면 자신을 가장 사랑하고 격려하며 위로해줄 사람은 이 세상에서 단 한 사람, 바로 자기 자신이기 때문이다. '나도 쓸모가 있다'고 외쳐보자.

여러분의 부모가 결혼해서 여러분을 낳을 확률은 45억분의 1이다. 바꿔 말하면 여

러분이 아닌 다른 아이가 태어날 수 있는 확률이 45억 번이나 된다는 말이다. 하지만 그 중에서 여러분이 태어났다. 이 세상에 여러분과 같은 사람은 단 한 명도 없다. 그 것이 바로 자기를 사랑해야 하는 절대적인 이유다.

자긍심을 높이는 방법은 거창하거나 어려운 것이 아니다. 생활 곳곳에서 벌어지는 작은 일에 대한 발상 전환으로 여러분의 자긍심은 지금보다 몇 배 더 높아질 수 있다.

"난 안 돼." "나는 왜 이 모양일까?" 식의 부정적인 말을 "난 할 수 있어."라는 긍정 적인 말로 바꾸자. 스스로를 침울하게 만드는 '자기 부정의 말'을 찾아보자. 그리고 그 말들을 자기 긍정의 말로 바꿔보자.

잠들기 전에
잘했던 일 세 가지를
떠올려보기.

그 일이 얼마나 가치가 있고 훌륭한지에 상관없이 뭐든 잘했다고 생각하는 일들을 하루에 세 가지씩 찾아보자. '약속시간 5분 전에 도착한 것'도 좋고 부모님께 다정하게 인사한 것' 같은 사소한 일이라도 좋다.

열등감과 정반대로
행동해보기.

공부를 못한다면 버스에서 책을 보고, 수첩에 단어를 적고, 도서관에 가는 등 공부 잘하는 학생처럼 행동하자. 사교성이 없다면 사교적인 것처럼 행동해보자. 그렇게 하다 보면 놀랄 만한 일이 일어난다. 공부를 열심히 하게 되고 자신감이 생긴다.

매일 아침 자신에게
미소짓기.

자기를 가장 행복하게 해줄 수 있는 사람은 자기 자신이다. 아침에 일어나면 먼저 거울을 보고 거울 속의 자신을 향해 미소짓자. 그리고 인사하자. "안녕 ○○야! 난 네가 제일 좋아." 이렇게 자기 자신을 좋아해야 세상 사람들도 여러분을 좋아하게 된다.

마이너스 발상을 플러스 발상으로 바꾸기

자신의 장점을 세 가지만 찾아보세요.

물론 사소한 것이라도 상관없어요.

하나 _____

둘 _____

셋 _____

평소에 갖고 있는 자신에 대한 마이너스 발상들을 플러스 발상의 긍정적인 말로 바꾸어 볼까요?

세 가지만 찾아보세요.

 〈보기〉 뚱뚱하다→통통하다

마이너스 발상의 말	플러스 발상의 말

238

에필로그

누구나 꿈이 있다. 그리고 누구든 행복한 삶을 원한다. 하지만 세상에는 자신의 꿈을 실현시키는 사람이 있고 그렇지 못한 사람이 있다. 그러나 마크 트웨인은 "모든 인간에게는 개인의 꿈과 목표를 실현시키기 위한 능력이 내재되어 있다."고 했다. 단지 가지고 있는 능력을 활용하기 위한 교육, 훈련, 지식, 통찰력이 부족할 따름이다. 어릴 때는 "공부 좀 해라!"란 말이 굉장히 듣기 싫었다. 그 때문일까? 가장 중요한 시기에 시간을 흘려 보내고만 학창시절이 지금은 무척 후회스럽다.

어느 날 우연히 접하게 된《네 꿈과 행복은 10대에 결정된다》는 나에게 신선한 충격으로 다가왔다. 무심코 지나쳐 버린 나의 10대 시절을 보상이라도 받으려는 양 단숨에 읽어 내려갔다. 본문의 내용들에는 모든 아버지들의 사랑이 담겨 있었다. 그리고 문득 이런 생각을 해보았다. '사랑이 담긴 세상의 모든 것들은 사람의 마음을 움직인다. 모든 사람이 그 움직임으로 인해 하루하루를 충실하게 보낸다면 그만큼 후회도 덜 할 텐데…'

"이것은 모든 이가 던져보아야 하는 질문. 나는 오늘 무엇을 했나?"

어느 책에서 읽은 작자 미상의 시 한 구절이다. 무엇인가 할 수 있는 유일한 시간인 오늘에 충실한다면 그것들이 모여 큰 결과를 불러올 것이다. 이 책을 읽고 여러분들이 원하는 꿈과 목표를 이루기 기원한다.

－그린이 원유수

공부는 도대체 왜 해야 하는 걸까? 그것을 통해 원하는 꿈을 이룰 수 있기 때문이다. 그런데 왜 우리는 노는 것을 더 좋아하고 공부하는 것은 싫어할까? 노는 것은 재미있고 공부하는 것은 재미가 없기 때문이다. 공부는 왜 재미가 없을까? 잘할 수 있는 방법을 모르기 때문이다.

무슨 일이든 어렵게 느껴지면 재미가 없다. 공부를 잘하려면 공부에 재미를 느껴야 하고 그러려면 잘할 수 있는 방법을 알아야 한다. 세상에 배우는 것만큼 즐거운 일은 없다. 방법을 익히면 공부만큼 재미있는 일도 없다.

문제가 무엇이든 해결방법은 하나가 아니다. 효과적인 공부 습관이나 학습방법 역시 이 책에 소개된 방법만 있는 것이 아니다. 효과적인 공부 습관이나 학습방법은 개인에 따라 다를 수 있다. 독자 여러분이 이 책에 소개된 방법보다 더 많은 방법들을 찾아낼 수 있었으면 좋겠다.

독일의 대문호 괴테는 이렇게 말했다. "자기가 '해야 하는 일'과 '하고 싶은 일'과 '할 수 있는 일'을 합치는 사람은 행복한 사람이다." 공부가 여러분의 놀이가 되어 행복한 학창시절을 보낼 수 있기를 다시 한 번 기원한다.

– 지은이 이민규

노트와 책상에 공부짱 스티커를 붙여보자.
생각을 바꾸면 공부가 즐겁다!

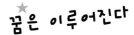

★
꿈은 이루어진다

1년 노력
평생 공부짱.

포기하지마,
하루는 86, 400초나
되잖아.

내 꿈을 적어 노트에 붙여보자

열심히
공부해서
성적표
휘날리자!

아자, 아자,
파이팅!!

'생각을 바꾸면 공부가 즐겁다' 부록(비매품)

도전허용

포기금지

커닝 금지

 오늘의 선택 메뉴

짜증을 낼까? 미소를 지을까?

1. 왜 켰지?

2. 대신 할 다른 일은 뭐지?

ㅡTV

can do it!

포기란 배추를 셀 때나 하는 말이다.